高中语文
配套阅读

GAOZHONG
YUWEN

PEITAO
YUEDU

DOUEYUAN

（元）关汉卿 ◎ 著

窦娥冤

长江出版传媒　长江文艺出版社

图书在版编目（CIP）数据

窦娥冤 / （元）关汉卿著. -- 武汉：长江文艺出版
社，2020.7（2023.9 重印）
ISBN 978-7-5702-1530-0

Ⅰ. ①窦… Ⅱ. ①关… Ⅲ. ①杂剧－剧本－中国－元
代 Ⅳ. ①I237.1

中国版本图书馆 CIP 数据核字（2020）第 065369 号

责任编辑：梅若冰　　　　　　　责任校对：毛　娟
封面设计：天行云翼·宋晓亮　　责任印制：邱　莉　杨　帆

出版：长江出版传媒｜长江文艺出版社
地址：武汉市雄楚大街 268 号　　邮编：430070
发行：长江文艺出版社
http://www.cjlap.com
印刷：武汉珞珈山学苑印刷有限公司

开本：640 毫米×970 毫米　　1/16　印张：10.5　插页：1 页
版次：2020 年 7 月第 1 版　　2023 年 9 月第 4 次印刷
字数：100 千字

定价：20.00 元

目 录

感天动地窦娥冤

导　读

　　《窦娥冤》是关汉卿的著名悲剧作品，位列《中国十大古典悲剧集》（王季思主编）之首，全名《感天动地窦娥冤》，共四折一楔子。窦娥的故事深入人心，一直活跃在戏剧舞台上。

　　该剧题目为"秉鉴持衡廉访法"，正名为"感天动地窦娥冤"。现存版本主要有《古名家杂剧》本、《古今名剧合选·酹江集》本和《元曲选》本。

　　《窦娥冤》无论在思想性还是艺术性上都取得了巨大的成就。这部作品的素材，来源于汉代的民间传说，就是剧本第三折中提到的"做甚么三年不见甘霖降，也只为东海曾经孝妇冤"。"东海孝妇"的故事，最早见于东汉刘向编撰的《说苑》，《汉书·于定国传》、干宝《搜神记》又对故事情节进行了丰富。这个故事讲的是对婆母极尽孝道的东海孝妇周青，被诬杀死婆婆；将处斩时，孝妇当众立誓："青若有罪，愿杀，血当顺下；青若枉死，血当逆流。"行刑后，其血果然"缘幡竹而上标"（《搜神记》）。《说苑》中载此事谓："太守竟杀孝妇，郡中枯旱三年。"这个传说，给关汉卿创作《窦娥冤》提供了故事框架。但关汉卿并没有局限于这个民间故事，在《窦娥冤》中，还是更多地反映了他所生活时代的社会现实。下层知识分子穷困潦倒，官吏贪赃枉法，流氓恶霸横行，妇女们的生命和财产安全得不到保障，这些正是杂剧《窦娥冤》的社会背景。关汉卿紧扣元代现实，真实而深刻地反映了元代统治下中国社会极端黑暗、极端残酷、极端混乱的悲剧时代。在揭露罪恶的同时，剧作也歌颂了被压迫者坚强不屈的反抗精神。

《窦娥冤》在艺术上也取得了杰出的成就。首先是善于巧妙地编织戏剧冲突。元杂剧一本四折的体制，对铺叙故事情节和刻画人物性格都有一定程度的束缚。作为一个富有舞台经验的作家，关汉卿很注意作品结构的安排。他在剧中设置了众多错综复杂的矛盾：如蔡婆婆与窦天章父女；蔡婆婆与窦娥；蔡婆婆与赛卢医；窦娥、蔡婆婆与张氏父子；张氏父子与赛卢医；窦娥与昏官；窦天章与张驴儿、赛卢医、桃杌，等等。一系列矛盾交织在一起，引起戏剧冲突，使剧情更加紧凑，人物性格也更加鲜明。

其次是成功地塑造了窦娥这个典型的悲剧艺术形象。主人公窦娥形象的塑造，极有特色。一方面，她自始至终都是一个善良的女性。窦娥的身世是极为可怜的：她3岁丧母，7岁离开了父亲，到蔡婆婆家当童养媳；17岁结婚，不久丈夫就死了，成为年轻的寡妇；20岁被冤杀。在窦娥极其短暂而悲惨的一生中，她几乎承受了封建社会加在妇女身上的一切苦难。然而，她只是逆来顺受，听天由命，默默地忍受着命运的磨难。她对婆婆尽孝，为丈夫守节，俨然是一个封建社会"孝女""节妇"的典型。更难能可贵的是，她还时刻不忘保护懦弱而又无所依靠的婆婆。面对酷刑，她为救婆婆自己承担罪名；临刑押赴法场时，她首先想到的不是死的可怕，而是怕婆婆看到自己披枷戴锁的样子伤心，要求绕道而行。正是这些行动，使其形象升华到崇高美的高度。另一方面，其性格又具有明显的发展过程。窦娥由一个善良的弱女子，一步步发展为以生命控诉社会黑暗的壮烈女性。流氓恶霸的凌辱迫害、昏官的严刑拷打以致妄判死刑，使这个普通女子的性格在正直善良之外，又闪出了反抗暴虐的斗争光芒。在关汉卿的笔下，窦娥的反抗性格是在一连串厄运里磨练出来的，符合生活的逻辑，因而显得更加真实可信。窦娥面对张驴儿的逼婚，一面批评婆婆的软弱，一面与其展开正面的斗争。张驴儿药死了他自己的父亲，却以药死公公的罪名威胁窦娥就范。窦娥并没有屈服，她起初对官府寄予厚望，认为官府会查清真相，替她做主。但桃杌太守却袒护真凶，不问缘由，对窦娥毒刑拷打，"一杖下、一道血、一层皮"。这一番拷打，让窦娥清醒地认识到，原来官府是清浊不分、贤愚不辨的。杂剧的第三折集中表现了窦娥的反抗精神。这一折开始，窦娥就放弃了对官府抱有的最后一点幻想，唱道：

【正宫端正好】没来由犯王法，不提防遭刑宪，叫声屈动地惊天！顷刻间游魂先赴森罗殿，怎不将天地也生埋怨。

【滚绣球】有日月朝暮悬，有鬼神掌着生死权，天地也，只合把清浊分辨，可怎生错看了盗跖颜渊？为善的受贫穷更命短，造恶的享富贵又寿延。天地也，做得个怕硬欺软，却原来也这般顺水推船。地也，你不分好歹何为地？天也，你错勘贤愚枉做天！哎，只落得两泪涟涟。

对官府的幻想破灭了，她便寄希望于天地，"叫声屈动地惊天"。然而，在那"覆盆不照太阳晖"的社会中，天地鬼神和官吏们一样，都是清浊不分、贤愚不辨的。于是，她把官府和天地鬼神放在一起咒骂："地也，你不分好歹何为地？天也，你错勘贤愚枉做天！"这惊天动地的呼喊包含着窦娥以生命为代价换来的觉醒，以及对黑暗社会的强烈抗议和愤怒声讨。这是窦娥思想性格起显著变化的一个重要标志，也是她思想认识达到一个新高度的表现。关汉卿没让窦娥的反抗精神停留在痛斥天地鬼神的境界，而是进一步把它提高到感天动地的高度，成为支配天地的力量。窦娥临刑前发下三桩誓愿，一字一泪集中表现了窦娥的怨愤和反抗精神。她发下的三桩誓愿，一桩比一桩难以实现，一桩比一桩后果严重。由此产生的支配自然的巨大力量，使全剧的气氛达到了高潮，她百折不回的反抗精神也随着这三桩誓愿步步升华。

再次是戏剧语言本色当行。关汉卿的戏剧语言，一向以本色当行著称，王国维称赞他"一空依傍，自铸伟词，而其言曲尽人情，字字本色，故当为元人第一"（《宋元戏曲史》）。《窦娥冤》中，关汉卿凭着对戏曲语言的敏锐洞察力，将不同人物的气质和性格刻画得栩栩如生。如张驴儿父子的一段对话："（张驴儿云）爹，你听的他说么？他家还有个媳妇哩！救了他性命，他少不得要谢我。不若你要这婆子，我要他媳妇儿，何等两便？你和他说去。（孛老云）兀那婆婆，你无丈夫，我无浑家，你肯与我做个老婆，意下如何？"作者只用三言两语，就活画出两个市井流氓无耻的神态。又如第二折里张驴儿对蔡婆婆说："你教窦娥随顺了我，叫我三声嫡嫡亲亲的丈夫，我便饶了他。"对其涎皮赖脸的样貌刻画得声口毕肖，十分传神。

《窦娥冤》以其独特的艺术魅力，成为我国戏曲艺术中一颗璀璨的明珠。诚如王国维所言，《窦娥冤》"列之于世界大悲剧中亦无愧色"（《宋元戏曲史》）。（孙向锋）

楔　子①

　　（卜儿②蔡婆上，诗云）花有重开日，人无再少年；不须长富贵，安乐是神仙③。老身蔡婆婆是也，楚州④人氏，嫡亲⑤三口儿家属。不幸夫主亡逝已过，止有一个孩儿，年长八岁。俺娘儿两个，过其日月。家中颇有些钱财。这里一个窦秀才，从去年问我借了二十两银子，如今本利该⑥银四十两。我数次索取，那窦秀才只说贫难，没得还我。他有一个女儿，今年七岁，生得可喜，长得可爱，我有心看上他，与我家做个媳妇，就准⑦了这四十两银子，岂不两得其便。他说今日好日辰，亲送女儿到我家来。老身且不索钱去，专在家中等候。这早晚窦秀才敢待来也⑧。（冲

---

　　①　楔（xiē）子：本指插在木器等的榫子缝里用来塞紧缝隙或榫头的木片，或钉在墙上的木钉。在元杂剧里指一个段落，或加在剧首，或放在两折之间。

　　②　卜儿：元杂剧脚色名，指老年妇人。

　　③　"花有重开日"诗：是元杂剧中的定场诗，一般人物在上场时念出。

　　④　楚州：隋时所设，今属江苏淮安。

　　⑤　嫡亲：关系最亲的家属。

　　⑥　该：指欠钱。

　　⑦　准：抵偿。

　　⑧　早晚：这里指"时候"，全句意谓"这个时候窦秀才就要来了吧"。在下文"早晚使用"里指"随时使用"；在"早晚呆痴"里指"有时候不懂事"。

末①扮窦天章引正旦②扮端云上，诗云）读尽缥缃万卷书③，可怜贫杀马相如④；汉庭一日承恩召，不说当垆说子虚⑤。小生姓窦，名天章，祖贯长安京兆人也⑥。幼习儒业，饱有文章；争奈⑦时运不通，功名未遂。不幸浑家⑧亡化已过，撇下这个女孩儿，小字端云，从三岁上亡了他母亲，如今孩儿七岁了也。小生一贫如洗，流落在这楚州居住。此间一个蔡婆婆，他家广有钱物；小生因无盘缠，曾借了他二十两银子，到今本利该对还他四十两。他数次问小生索取，教我把甚么⑨还他？谁想蔡婆婆常常着人来说，要小生女孩儿做他儿媳妇。况如今春榜动，选场开⑩，正待上朝取应⑪，又苦盘缠缺少。小生出于无奈，只得将女孩儿端云送与蔡婆婆做儿媳妇去。（做叹科⑫，云）嗨！这个那里是做媳妇？分明

---

① 冲末：元杂剧脚色名，一般指次要男性脚色。这里指窦天章的扮演者。

② 正旦：元杂剧脚色名，指女主角。

③ 缥缃（piǎo xiāng）：书卷的代称。缥，淡青色；缃，浅黄色。古人常用这两种颜色的丝织品包书或做书袋，后来用作书籍的代称。

④ 马相如：即司马相如，此处是为了诗歌对仗而将人名简化。司马相如，汉代文学家，著有《子虚赋》《上林赋》等。

⑤ "汉庭一日承恩召，不说当垆说子虚"句：这里承接上句，窦天章是以司马相如自比，司马相如曾以《子虚赋》得到汉武帝赏识，窦天章也期盼有朝一日可以像司马相如一样被朝廷召见，功成名就。

⑥ 祖贯：即祖籍。京兆：行政区划名，汉时设立，在今陕西西安及附近地区。

⑦ 争奈：即怎奈，无奈。

⑧ 浑家：妻子。

⑨ 把甚么：即拿甚么。

⑩ 春榜动，选场开：指科举考试即将开始。宋时考进士和放榜都在春季，故称春榜。选场即科举考试的试场。

⑪ 上朝取应：上京城去参加科举考试。

⑫ 科：古代戏曲演出术语，提示剧中人物的表情、动作，也可指"舞台效果"，后文有"做行科""做勒卜儿科"等。

是卖与他一般。就准了他那先借的四十两银子，分外但得些少东西，够小生应举之费，便也过望了。说话之间，早来到他家门首。婆婆在家么？（卜儿上，云）秀才，请家里坐，老身等候多时也。（做相见科）（窦天章云）小生今日一径的①将女孩儿送来与婆婆，怎敢说做媳妇，只与婆婆早晚使用。小生目下就要上朝进取功名去，留下女孩儿在此，只望婆婆看觑②则个③。（卜儿云）这等，你是我亲家了。你本利少我四十两银子，兀的④是借钱的文书，还了你；再送与你十两银子做盘缠。亲家，你休嫌轻少。（窦天章做谢科，云）多谢了婆婆。先少你许多银子，都不要我还了，今又送我盘缠，此恩异日必当重报。婆婆，女孩儿早晚呆痴，看小生薄面，看觑女孩儿咱⑤。（卜儿云）亲家，这不消你嘱咐，令爱到我家，就做亲女儿一般看承他，你只管放心的去。（窦天章云）婆婆，端云孩儿该打呵，看小生面则⑥骂几句；当骂呵，则处分⑦几句。孩儿，你也不比在我跟前，我是你亲爷，将就的你；你如今在这里，早晚若顽劣呵，你只讨那打骂吃。儿哟⑧！我也是出于无奈。（做悲科，唱）

【仙吕赏花时】我也只为无计营生四壁贫，因此上割舍得亲儿在

---

① 一径的：径直。下文"他一径上朝应举去了"中"一径"也为此意。
② 看觑：照顾。
③ 则个：句尾语气助词，带有希望、祈求的语气。
④ 兀的：指示代词，犹如"这""这个"，也写作"兀得""兀底"。
⑤ 咱（zā）：句尾语气助词，带有希望、请求的语气。
⑥ 则：只。
⑦ 处分：数落、责备。
⑧ 哟（yo）：语气词。

两处分。从今日远践洛阳尘①，又不知归期定准，则落的②无语暗消魂③。（下）

　　（卜儿云）窦秀才留下他这女孩儿与我做媳妇儿，他一径上朝应举去了。（正旦做悲科，云）爹爹，你直下的④撇了我孩儿去也！（卜儿云）媳妇儿，你在我家，我是亲婆，你是亲媳妇，只当自家骨肉一般。你不要啼哭，跟着老身前后执料去来⑤。（同下）

---

①　远践洛阳尘：意谓到京城去求取功名。洛阳尘，喻功名利禄。

②　则落的：即只落得，只是。

③　暗消魂：因离别而感觉凄凉神伤。语出江淹《别赋》："黯然销魂者，唯别而已矣。"

④　直：竟然。下的：舍得，忍心，也作"下得"。

⑤　执料：照料。去来：即去，来是句尾助词，无实义。

第一折

（净扮赛卢医上①，诗云）行医有斟酌，下药依《本草》②；死的医不活，活的医死了。自家姓卢，人道我一手好医，都叫做赛卢医，在这山阳县③南门开着生药局④。在城⑤有个蔡婆婆，我问他借了十两银子，本利该还他二十两；数次来讨这银子，我又无的还他。若不来便罢，若来呵，我自有个主意。我且在这药铺中坐下，看有甚么人来。（卜儿上，云）老身蔡婆婆。我一向搬在山阳县居住，尽也静办⑥。自十三年前窦天章秀才留下端云孩儿与我做儿媳妇，改了他小名，叫做窦娥。自成亲之后，不上二年，不想我这孩儿害弱症⑦死了。媳妇儿守寡，又早三个年头，

---

① 净：元杂剧脚色名。一般由男脚扮演，也有由女脚扮演的，下文还有副净等名目。卢医：指战国时代名医扁鹊，因其为卢国人而得名。元杂剧往往将庸医或卖药人戏称为赛卢医，实为讽刺性的反语。

② 《本草》：我国古代最早的一部药书，这里泛指中医药类书籍。

③ 山阳县：地名，在今陕西商洛。

④ 生药局：药材铺，也为人治病。

⑤ 在城：本城。在，指示代词，即本，此。

⑥ 尽也静办：倒也清净。静办，意为清净，安静。

⑦ 弱症：指肺痨之类的病。

服孝将除①了也。我和媳妇儿说知，我往城外赛卢医家索钱去也。（做行科，云）蓦过隅头②，转过屋角，早来到他家门首。赛卢医在家么？（卢医云）婆婆，家里来。（卜儿云）我这两个银子长远了，你还了我罢。（卢医云）婆婆，我家里无银子，你跟我庄上去取银子还你。（卜儿云）我跟你去。（做行科）（卢医云）来到此处，东也无人，西也无人，这里不下手，等甚么？我随身带的有绳子。兀那③婆婆，谁唤你哩？（卜儿云）在那里？（做勒卜儿科，孛老④同副净张驴儿冲上，赛卢医慌走下，孛老救卜儿科）（张驴儿云）爹，是个婆婆，争些⑤勒杀了。（孛老云）兀那婆婆，你是那里人氏？姓甚名谁？因甚着这个人将你勒死？（卜儿云）老身姓蔡，在城人氏，止有个寡媳妇儿，相守过日。因为赛卢医少我二十两银子，今日与他取讨；谁想他赚⑥我到无人去处，要勒死我，赖这银子。若不是遇着老的和哥哥呵，那得老身性命来。（张驴儿云）爹，你听的他说么？他家还有个媳妇哩。救了他性命，他少不得要谢我；不若你要这婆子，我要他媳妇儿，何等两便？你和他说去。（孛老云）兀那婆婆，你无丈夫，我无浑家，你肯与我做个老婆，意下如何？（卜儿云）是何言语！待我回家，多备些钱钞相谢。（张驴儿云）你敢是不肯，故意将钱钞哄我？赛卢医的绳子还在，我仍旧勒死了你罢。（做拿绳科）（卜

---

① 服孝将除：指服孝期限将满。
② 蓦过隅头：跨过墙角。蓦，通"迈"，跨越之意。隅头，指墙角。
③ 兀那：就是那。兀，语助词。
④ 孛（bò）老：元杂剧脚色名，扮演老年男子。
⑤ 争些：差一点，险些。
⑥ 赚（zuàn）：骗，哄骗。

儿云）哥哥，待我慢慢地寻思咱。（张驴儿云）你寻思些甚么？你随我老子，我便要你媳妇儿。（卜儿背云①）我不依他，他又勒杀我。罢罢罢，你爷儿两个随我到家中去来。（同下）

（正旦上，云）妾身姓窦，小字端云，祖居楚州人氏。我三岁上亡了母亲，七岁上离了父亲。俺父亲将我嫁与蔡婆婆为儿媳妇，改名窦娥。至十七岁与夫成亲，不幸丈夫亡化，可早②三年光景，我今二十岁也。这南门外有个赛卢医，他少俺婆婆银子，本利该二十两，数次索取不还，今日俺婆婆亲自索取去了。窦娥也，你这命好苦也呵！（唱）

【仙吕点绛唇】满腹闲愁③，数年禁受④，天知否？天若是知我情由，怕不待和天瘦⑤。

【混江龙】则问那黄昏白昼，两般儿忘餐废寝几时休？大都来昨宵梦里，和着这今日心头。催人泪的是锦烂熳花枝横绣闼⑥，断人肠的是剔团圞⑦月色挂妆楼。长则是⑧急煎煎⑨按不住意中焦，闷沉沉展不彻眉尖皱，越觉的情怀冗冗⑩，心绪悠悠。

---

① 背云：戏剧术语，指演员在演出时假定其他角色听不见，面向观众所作的说白。
② 可早：已经，已是。
③ 闲愁：无端的、没有来由的忧愁。辛弃疾《摸鱼儿》词有"闲愁最苦"句。
④ 禁受：忍受，承受。
⑤ 怕不待和天瘦：岂不是连老天都要变瘦了。怕不待，即岂不是。
⑥ 绣闼（tà）：绣房，闺房。
⑦ 剔团圞（luán）：非常圆，滴溜儿圆。剔，程度副词，加强语气，极，很之意。团圞，圆。
⑧ 长则是：总是，一直是。
⑨ 急煎煎：心情烦躁的样子。
⑩ 冗冗：纷繁杂乱。

（云）似这等忧愁，不知几时是了也呵！（唱）

【油葫芦】莫不是八字儿该载着一世忧①，谁似我无尽头！须知道人心不似水长流。我从三岁母亲身亡后，到七岁与父分离久，嫁的个同住人，他可又拔着短筹②；撇的俺婆妇每③都把空房守，端的④个有谁问，有谁瞅？

【天下乐】莫不是前世里烧香不到头⑤，今也波生⑥招祸尤？劝今人早将来世修。我将这婆侍养，我将这服孝守，我言词须应口⑦。

（云）婆婆索钱去了，怎生这早晚不见回来？（卜儿同孛老、张驴儿上）（卜儿云）你爷儿两个且在门首，等我先进去。（张驴儿云）奶奶，你先进去，就说女婿在门首哩。（卜儿见正旦科）（正旦云）奶奶回来了，你吃饭么？（卜儿做哭科，云）孩儿也，你教我怎生说波⑧。（正旦唱）

【一半儿】为甚么泪漫漫不住点儿流？莫不是为索债与人家惹争斗？我这里连忙迎接慌问候，他那里要说缘由。（卜儿云）羞人答答的，教我怎生说波！（正旦唱）则见他一半儿徘徊一半儿丑⑨。

---

① 莫不是八字儿该载着一世忧：莫不是命中注定要一生受苦。八字儿，古人将人出生的时间根据天干地支排列，称为八字，这里指命运。

② 短筹：指短命。古人算命抽签常用竹筹，这里比喻寿数，拔着短筹就是抽到短签，意谓短命。

③ 婆妇每：即婆媳们。每，元代时口语，人称代词词尾，犹"们"。

④ 端的：真的，确实。

⑤ 前世里烧香不到头：旧时迷信认为如果烧香不到头，来世便会受到神的惩罚。

⑥ 今也波生：即今生。也波，衬字，无实义。

⑦ 应口：说话算数，兑现承诺。

⑧ 波：语气助词，用在句尾，同"啊""吧"。

⑨ 一半儿徘徊一半儿丑：这是"一半儿"曲牌尾句的句式。丑，羞惭之意。

（云）婆婆，你为甚么烦恼啼哭那？（卜儿云）我问赛卢医讨银子去，他赚我到无人去处，行起凶来，要勒死我。亏了一个张老并他儿子张驴儿，救得我性命。那张老就要我招他做丈夫，因这等烦恼。（正旦云）婆婆，这个怕不中①么？你再寻思咱：俺家里又不是没有饭吃，没有衣穿，又不是少欠钱债，被人催逼不过；况你年纪高大，六十以外的人，怎生又招丈夫那？（卜儿云）孩儿也，你说的岂不是。但是我的性命全亏他这爷儿两个救的，我也曾说道：待我到家，多将些钱物，酬谢你救命之恩。不知他怎生知道我家里有个媳妇儿，道我婆媳妇又没老公，他爷儿两个又没老婆，正是天缘天对。若不随顺，他依旧要勒死我。那时节我就慌张了，莫说自己许了他，连你也许了他。儿也，这也是出于无奈。（正旦云）婆婆，你听我说波。（唱）

【后庭花】遇时辰我替你忧，拜家堂②我替你愁。梳着个霜雪般白鬏髻③，怎戴那销金锦盖头？怪不的女大不中留④。你如今六旬左右，可不道到中年万事休。旧恩爱一笔勾，新夫妻两意投，枉把人笑破口。

（卜儿云）我的性命都是他爷儿两个救的，事到如今，也顾不得别人笑话了。（正旦唱）

【青哥儿】你虽然是得他、得他营救，须不是笋条⑤、笋条年幼，

---

① 不中：不行。现河南一带常用。

② 家堂：祭拜祖先的堂屋。旧时婚嫁要在家堂拜祭祖先。

③ 鬏（dí）髻：古代妇女将头发盘成螺形，上用网套作装饰。

④ 女大不中留：宋元时谚语有"三不留"，意谓女子年龄大了就要出嫁，这里是窦娥对婆婆的嘲讽之语。

⑤ 笋条：嫩竹芽，这里指年纪轻。

划的①便巧画蛾眉成配偶？想当初你夫主遗留，替你图谋，置下田畴，早晚羹粥，寒暑衣裘，满望你鳏寡孤独②，无捱无靠，母子每到白头。公公也，则落得干生受③。

（卜儿云）孩儿也，他如今只待过门，喜事匆匆的，教我怎生回得他去？（正旦唱）

【寄生草】你道他匆匆喜，我替你倒细细愁：愁则愁兴阑珊咽不下交欢酒④，愁则愁眼昏腾扭不上同心扣⑤，愁则愁意朦胧睡不稳芙蓉褥。你待要笙歌引至画堂前⑥，我道这姻缘散落在他人后。

（卜儿云）孩儿也，再不要说我了，他爷儿两个都在门首等候，事已至此，不若连你也招了女婿罢。（正旦云）婆婆，你要招你自招，我并然⑦不要女婿。（卜儿云）那个是要女婿的？争奈他爷儿两个自家捱过门来，教我如何是好？（张驴儿云）我们今日招过门去也。帽儿光光，今日做个新郎；袖儿窄窄，今日做个娇客⑧。好女婿，好女婿，不枉了，不枉了。（同孛老入拜科）（正旦做不礼科，云）兀那厮，靠后！（唱）

【赚煞】我想这妇人每休信那男儿口，婆婆也，怕没的贞心儿自

---

① 划（chǎn）的：平白无故的，怎的，怎么。

② 鳏寡孤独：语出《孟子·梁惠王下》："老而无妻曰鳏，老而无夫曰寡，老而无子曰独，幼而无父曰孤，此四者，天下之穷民而无告者。"这里是偏义词，指蔡婆婆孤儿寡母。

③ 干生受：白白受苦。白，徒然。生受，辛苦，受罪。

④ 兴阑珊：懒散，提不起劲儿。交欢酒：即交杯酒，旧时婚礼习俗。

⑤ 眼昏腾：头昏眼花，迷迷糊糊。同心扣：即同心结，旧时婚礼习俗。

⑥ 笙歌引至画堂前：元杂剧中以此表示举行婚礼。

⑦ 并然：断然，决然。

⑧ 帽儿光光，今日做个新郎；袖儿窄窄，今日做个娇客：这四句是宋元时人们对新郎说的打趣的话。娇客，即新郎，女婿。

守，到今日招着个村老子①，领着个半死囚。（张驴儿做嘴脸②科，云）你看我爷儿两个这等身段，尽也选得女婿过，你不要错过了好时辰，我和你早些儿拜堂罢。（正旦不礼科，唱）则被你坑杀人③燕侣莺俦④。婆婆也，你岂不知羞！俺公公撞府冲州⑤，挣㨈⑥的铜斗儿家缘⑦百事有。想着俺公公置就，怎忍教张驴儿情受⑧？（张驴儿做扯正旦拜科，正旦推跌科，唱）兀的不是俺没丈夫的妇女下场头⑨！（下）

（卜儿云）你老人家不要恼躁。难道你有活命之恩，我岂不思量报你？只是我那媳妇儿气性最不好惹的，既是他不肯招你儿子，教我怎好招你老人家？我如今拼的好酒好饭养你爷儿两个在家，待我慢慢的劝化俺媳妇儿；待他有个回心转意，再作区处⑩。（张驴儿云）这歪剌骨⑪！便是黄花女儿，刚刚扯的一把，也不消这等使性⑫，平空的推了我一交⑬，我肯干罢！就当面赌个誓与你：我今生今世不要他做老婆，我也不算好男子。（词云）美妇

---

① 村老子：粗俗的老头。村，粗俗，无知。这是骂人的话。
② 做嘴脸：做出各种怪样。
③ 坑杀人：害死人。
④ 燕侣莺俦（chóu）：指美好伴侣，旧时常用莺燕成双成对来比喻夫妇。
⑤ 撞府冲州：指跑江湖，四处闯荡，奔波各地。
⑥ 挣㨈（zhèng chuài）：挣取，拼命挣得。也写作"挣揣"。
⑦ 铜斗儿家缘：殷实的家业。铜斗原为量器，元杂剧中常用来比喻家道殷实。家缘，家业、家产。
⑧ 情受：承受，继承（财产、权利等）。
⑨ 下场头：结局。
⑩ 区处：安排、处置。
⑪ 歪剌（lā）骨：辱骂女性的话，犹言"贱骨头"等。剌，加重语气，无实义。
⑫ 使性：任性，发脾气。
⑬ 交：通"跤"。

17

人我见过万千向外①，不似这小妮子生得十分奓赖②；我救了你老性命死里重生，怎割舍得不肯把肉身陪待？（同下）

---

① 向外：以上。
② 奓赖：泼赖，泼辣。

第二折

（赛卢医上，诗云）小子太医①出身，也不知道医死多人，何尝怕人告发，关了一日店门？在城有个蔡家婆子，刚少的他二十两花银，屡屡亲来索取，争些撚断脊筋②。也是我一时智短③，将他赚到荒村，撞见两个不识姓名男子，一声嚷道："浪荡乾坤④，怎敢行凶撒泼，擅自勒死平民！"吓得我丢了绳索，放开脚步飞奔。虽然一夜无事，终觉失精落魂；方知人命关天关地，如何看做壁上灰尘。从今改过行业⑤，要得灭罪修因⑥，将以前医死的性命，一个个都与他一卷超度的经文。小子赛卢医的便是。只为要赖蔡婆婆二十两银子，赚他到荒僻去处，正待勒死他，谁想遇见两个汉子，救了他去。若是再来讨债时节，教我怎生见他？常言道的好："三十六计，走为上计。"喜得我是孤身，又无家小连

---

① 太医：原指宫廷中的御用医官，此处为赛卢医自吹之辞。
② 撚（niǎn）断脊筋：捏断筋骨，伤筋断骨，这里形容被蔡婆婆逼倒债逼得紧迫。撚，同"捻"，揉搓。
③ 一时智短：一时糊涂。智短，见识短浅。
④ 浪荡乾坤：本指天下太平，这里意即光天化日之下。浪荡，开阔平坦。
⑤ 行（xíng）业：指佛教修行，恪守佛教戒律。
⑥ 灭罪修因：消除今生的罪孽，修得来世的福因。此为佛教因果报应之说。

累；不若收拾了细软行李，打个包儿，悄悄的躲到别处，另做营生，岂不干净？（张驴儿上，云）自家张驴儿。可奈那窦娥百般的不肯随顺我；如今那老婆子害病，我讨服毒药，与他吃了，药死那老婆子，这小妮子好歹做我的老婆。（做行科，云）且住，城里人耳目广，口舌多，倘见我讨毒药，可不嚷出事来？我前日看见南门外有个药铺，此处冷静，正好讨药。（作行科，叫云）太医哥哥，我来讨药的。（赛卢医云）你讨甚么药？（张驴儿云）我讨服毒药。（赛卢医云）谁敢合①毒药与你？这厮好大胆也！（张驴儿云）你真个不肯与我药么？（赛卢医云）我不与你，你就怎地我？（张驴儿做拖卢云）好呀，前日谋死蔡婆婆的，不是你来？你说我不认的你哩！我拖你见官去。（赛卢医做慌科，云）大哥，你放我，有药有药。（做与药科。张驴儿云）既然有了药，且饶你罢。正是："得放手时须放手，得饶人处且饶人。"（下）（赛卢医云）可不悔气②！刚刚讨药的这人，就是救那婆子的。我今日与了他这服毒药去了，以后事发，越越③要连累我；趁早儿关上药铺，到涿州④卖老鼠药去也。（下）

（卜儿上，做病伏几科）（孛老同张驴儿上，云）老汉自到蔡婆婆家来，本望做个接脚⑤，却被他媳妇坚执不从。那婆婆一向收留俺爷儿两个在家同住，只说："好事不在忙"，等慢慢里劝转他媳妇；谁想那婆婆又害起病来。孩儿，你可曾算我两个的八字，

---

① 合：调配，配制。
② 悔气：晦气，倒霉。
③ 越越：越发，更加。
④ 涿（zhuō）州：地名，今属河北涿县。
⑤ 接脚：即接脚婿，寡妇招赘的后夫。

红鸾天喜①几时到命哩？（张驴儿云）要看什么天喜到命！只赌本事做得去自去做。（孛老云）孩儿也，蔡婆婆害病好几日了，我与你去问病波。（做见卜儿问科，云）婆婆，你今日病体如何？（卜儿云）我身子十分不快哩。（孛老云）你可想些甚么吃？（卜儿云）我思量些羊肚儿汤吃。（孛老云）孩儿，你对窦娥说，做些羊肚儿汤与婆婆吃。（张驴儿向古门②云）窦娥，婆婆想羊肚儿汤吃，快安排将来。（正旦持汤上，云）妾身窦娥是也。有俺婆婆不快，想羊肚儿汤吃，我亲自安排了与婆婆吃去。婆婆也，我这寡妇人家，凡事也要避些嫌疑，怎好收留那张驴儿父子两个？非亲非眷的，一家儿同住，岂不惹外人谈议？婆婆也，你莫要背地里许了他亲事，连我也累做不清不洁的。我想这妇人心好难保也呵！（唱）

【南吕一枝花】他则待一生鸳帐眠，那里肯半夜空房睡；他本是张郎妇，又做了李郎妻。有一等妇女每相随，并不说家克计③，则打听些闲是非；说一会不明白打凤的机关，使了些调虚嚣捞龙的见识④。

【梁州第七】这一个似卓氏般当垆涤器⑤，这一个似孟光般举案齐

---

① 红鸾天喜：旧时星象认为红鸾星是吉星，预示婚姻成功。天喜，吉日。
② 古门：元杂剧术语，指舞台的上场门与下场门，又称"鬼门""鬼门道"。
③ 家克计：持家之道。
④ 说一会不明白打凤的机关，使了些调（diào）虚嚣捞龙的见识：这两句是指说的、做的都是骗人的鬼把戏。打凤、捞龙，是设下圈套陷害别人的意思。虚嚣，虚浮不实，弄虚作假。
⑤ 似卓氏般当垆涤器：此处用卓文君当垆卖酒的典故。

眉①，说的来藏头盖脚多伶俐②。道着难晓，做出才知。旧恩忘却，新爱偏宜；坟头上土脉犹湿，架儿上又换新衣。那里有奔丧处哭倒长城③？那里有浣纱时甘投大水④？那里有上山来便化顽石⑤？可悲，可耻！妇人家直恁的无仁义，多淫奔⑥，少志气，亏杀前人在那里，更休说百步相随。

（云）婆婆，羊肚儿汤做成了，你吃些儿波。（张驴儿云）等我拿去。（做接尝科，云）这里面少些盐醋，你去取来。（正旦下）（张驴儿放药科）（正旦上，云）这不是盐醋？（张驴儿云）你倾下些。（正旦唱）

【隔尾】你说道少盐欠醋无滋味，加料添椒才脆美。但愿娘亲早痊济⑦，饮羹汤一杯，胜甘露灌体，得一个身子平安倒大来⑧喜。

（孛老云）孩儿，羊肚汤有了不曾？（张驴儿云）汤有了，你拿过去。（孛老将汤云）婆婆，你吃些汤儿。（卜儿云）有累你。（做呕科，云）我如今打呕，不要这汤吃了，你老人家吃罢。（孛

---

① 似孟光般举案齐眉：此处用梁鸿、孟光夫妇的典故，孟光在吃饭时把盛食具的托盘高举齐眉，表示对丈夫的敬重，后多以此比喻夫妻和睦恩爱。

② 伶俐：利落、干净。

③ 奔丧处哭倒长城：此处用秦时孟姜女寻夫不得哭倒长城的传说。

④ 浣纱时甘投大水：此处用春秋时伍子胥与浣纱女的故事。相传伍子胥为避楚平王迫害逃到江边，途中向一位浣纱女乞食，伍子胥叮嘱她不要向追兵泄密，为表诚意，浣纱女投江自杀。

⑤ 上山来便化顽石：此处用我国民间望夫石的故事。相传古代一位妻子盼望外出的丈夫归来，望之日久，便化而为石。

⑥ 淫奔：古代男女未经父母之命、媒妁之言，自由恋爱结合，谓之"淫奔"。

⑦ 痊济：疾病痊愈。

⑧ 倒大来：十分，非常。来，语助词。

老云）这汤特做来与你吃的，便不要吃，也吃一口儿。（卜儿云）我不吃了，你老人家请吃。（孛老吃科）（正旦唱）

【贺新郎】一个道你请吃，一个道婆先吃，这言语听也难听，我可是气也不气！想他家与咱家有甚的亲和戚？怎不记旧日夫妻情意，也曾有百纵千随①？婆婆也，你莫不为黄金浮世宝，白发故人稀②，因此上把旧恩情，全不比新知契③？则待要百年同墓穴，那里肯千里送寒衣④。

　　（孛老云）我吃下这汤去，怎觉昏昏沉沉的起来？（做倒科）

　　（卜儿慌科，云）你老人家放精神着，你扎挣着些儿。（做哭科，云）兀的不是死了也！（正旦唱）

【斗虾蟆】空悲戚，没理会，人生死，是轮回。感着这般病疾，值着这般时势，可是风寒暑湿，或是饥饱劳役，各人症候⑤自知。人命关天关地，别人怎生替得？寿数非干今世。相守三朝五夕，说甚一家一计。又无羊酒段匹，又无花红财礼⑥；把手为活过日，撒手如同休弃⑦。不是窦娥忤逆，生怕傍人论议。不如听咱劝你，认个自家晦气，割舍的一具棺材停置，几件布帛收拾，出了咱家门里，送入他家坟地。这不是你那从小儿年纪指脚的夫妻⑧，我其实不关亲，无半点

---

① 百纵千随：即千依百顺。

② 黄金浮世宝，白发故人稀：黄金是世人认为宝贵的，从小相交到白头的朋友是难得的。

③ 知契（qì）：知己。

④ 千里送寒衣：此处用孟姜女为丈夫送寒衣的故事。

⑤ 症候：症状。

⑥ 羊酒段匹、花红财礼：均为宋元时订婚的彩礼。

⑦ 把手为活过日，撒手如同休弃：这里是说蔡婆婆和张驴儿父亲之间并没有真正的婚约，在一起和分开都很容易。把手，握起手；撒手，松开手。

⑧ 指脚的夫妻：结发夫妻。

恓惶泪。休得要心如醉，意似痴，便这等嗟嗟怨怨，哭哭啼啼。

（张驴儿云）好也罗！你把我老子药死了，更待干罢①！（卜儿云）孩儿，这事怎了也？（正旦云）我有甚么药在那里，都是他要盐醋时，自家倾在汤儿里的。（唱）

【隔尾】这厮搬调②咱老母收留你，自药死亲爷待要唬吓谁？（张驴儿云）我家的老子，倒说是我做儿子的药死了，人也不信。（做叫科，云）四邻八舍听着：窦娥药杀我家老子哩。（卜儿云）罢么，你不要大惊小怪的，吓杀我也。（张驴儿云）你可怕么？（卜儿云）可知③怕哩。（张驴儿云）你要饶么？（卜儿云）可知要饶哩。（张驴儿云）你教窦娥随顺了我，叫我三声嫡嫡亲亲的丈夫，我便饶了他。（卜儿云）孩儿也，你随顺了他罢。（正旦云）婆婆，你怎说这般言语！（唱）我一马难将两鞍鞴④，想男儿在日曾两年匹配，却教我改嫁别人，其实做不得。

（张驴儿云）窦娥，你药杀了俺老子，你要官休？要私休？（正旦云）怎生是官休？怎生是私休？（张驴儿云）你要官休呵，拖你到官司，把你三推六问⑤，你这等瘦弱身子，当不过拷打，怕你不招认药死我老子的罪犯！你要私休呵，你早些与我做了老婆，倒也便宜了你。（正旦云）我又不曾药死你老子，情愿和你见官去来。（张驴儿拖正旦、卜儿下）

---

① 干罢：干休。
② 搬调：搬弄、调唆。
③ 可知：当然。
④ 一马难将两鞍鞴（ān bèi）：语出"好马不鞴双鞍，烈女不嫁两夫"，意谓坚决不再嫁与他人。
⑤ 三推六问：多次勘察审问。

24

（净扮孤①引祗候②上，诗云）我做官人胜别人，告状来的要金银；若是上司当刷卷③，在家推病不出门。下官楚州太守桃杌④是也。今早升厅坐衙，左右，喝撺厢⑤。（祗候幺喝科）（张驴儿拖正旦、卜儿上，云）告状告状。（祗候云）拿过来。（做跪见，孤亦跪科，云）请起。（祗候云）相公⑥，他是告状的，怎生跪着他？（孤云）你不知道，但来告状的，就是我衣食父母。（祗候幺喝科，孤云）那个是原告？那个是被告？从实说来。（张驴儿云）小人是原告张驴儿，告这媳妇儿，唤做窦娥，合毒药下在羊肚儿汤里，药死了俺的老子。这个唤做蔡婆婆，就是俺的后母。望大人与小人做主咱。（孤云）是那一个下的毒药？（正旦云）不干小妇人事。（卜儿云）也不干老妇人事。（张驴儿云）也不干我事。（孤云）都不是，敢是我下的毒药来？（正旦云）我婆婆也不是他后母，他自姓张，我家姓蔡。我婆婆因为与赛卢医索钱，被他赚到郊外勒死，我婆婆却得他爷儿两个救了性命。因此我婆婆收留他爷儿两个在家，养膳终身，报他的恩德。谁知他两个倒起不良之心，冒认婆婆做了接脚，要逼勒小妇人做他媳妇。小妇人原是有丈夫的，服孝未满，坚执不从。适值我婆婆患病，着小妇人安排羊肚儿汤吃。不知张驴儿那里讨得毒药在身，接过汤来，只说

---

① 孤：元杂剧中演员所扮的官吏称为"孤"。

② 祗（zhī）候：本为宋代官名，元杂剧中用来称职位较高的衙役。

③ 刷卷：上级官员赴地方衙门对文诉讼案件进行检查、清理。

④ 桃杌（wù）：即梼（táo）杌，古代所谓四凶之一，这里是利用谐音来骂楚州太守是个恶官。

⑤ 喝撺（cuān）厢：宋元时衙门开庭审案时，衙役分列两旁，大声吆喝，起威慑效果。

⑥ 相公：对官员的敬称。

少些盐醋，支转小妇人，暗地倾下毒药。也是天幸，我婆婆忽然呕吐，不要汤吃，让与他老子吃，才吃的几口便死了。与小妇人并无干涉。只望大人高抬明镜，替小妇人做主咱。（唱）

【牧羊关】大人你明如镜，清似水，照妾身肝胆虚实。那羹本五味俱全，除了外百事不知。他推道尝滋味，吃下去便昏迷。不是妾讼庭上胡支对①，大人也，却教我平白地说甚的？

（张驴儿云）大人详情：他自姓蔡，我自姓张，他婆婆不招俺父亲接脚，他养我父子两个在家做甚么？这媳妇儿年纪虽小，极是个赖骨顽皮，不怕打的。（孤云）人是贱虫，不打不招。左右，与我选大棍子打着。（祗候打正旦，三次喷水科）（正旦唱）

【骂玉郎】这无情棍棒教我捱不的。婆婆也，须是你自做下，怨他谁？劝普天下前婚后嫁婆娘每，都看取我这般傍州例②。

【感皇恩】呀！是谁人唱叫扬疾③，不由我不魄散魂飞。恰消停，才苏醒，又昏迷。捱千般打拷，万种凌逼，一杖下，一道血，一层皮。

【采茶歌】打的我肉都飞，血淋漓，腹中冤枉有谁知！则我这小妇人毒药来从何处也？天那，怎么的覆盆不照太阳晖④！

（孤云）你招也不招？（正旦云）委的⑤不是小妇人下毒药来。（孤云）既然不是，你与我打那婆子。（正旦忙云）住住住，休打我婆婆，情愿我招了罢，是我药死公公来。（孤云）既然招

---

① 胡支对：胡乱应答。

② 傍（páng）州例：旧时指已有的可供参考的案例，引申为例子、榜样。

③ 唱叫扬疾：大声吆喝。

④ 覆盆不照太阳晖：把盆翻过来扣在那，阳光照不进去，盆内一片黑暗。这里比喻衙门暗无天日。

⑤ 委的：委实，确实，真的。

26

了，着他画了伏状①，将枷来枷上，下在死囚牢里去。到来日判个斩字，押赴市曹典刑②。（卜儿哭科，云）窦娥孩儿，这都是我送了你性命，兀的不痛杀我也！（正旦唱）

【黄钟尾】我做了个衔冤负屈没头鬼，怎肯便放了你好色荒淫漏面贼③。想人心不可欺，冤枉事天地知，争到头，竞到底，到如今待怎的？情愿认药杀公公，与了招罪。婆婆也，我怕把你来便打的，打的来恁的。我若是不死呵，如何救得你？（随祗候押下）

（张驴儿做叩头科，云）谢青天老爷做主！明日杀了窦娥，才与小人的老子报的冤。（卜儿哭科，云）明日市曹中杀窦娥孩儿也，兀的不痛杀我也！（孤云）张驴儿，蔡婆婆，都取保状，着随衙听候。左右，打散堂鼓，将马来，回私宅去也。（同下）

---

① 伏状：认罪的供词。
② 市曹：热闹的街市。典刑：按法行刑。
③ 漏面贼：犹言"恶贼"。宋时在犯人脸上刺字，谓之"漏面"，即"镂面"。

第三折

（外①扮监斩官上，云）下官监斩官是也。今日处决犯人，着做公的把住巷口，休放往来人闲走。（净扮公人，鼓三通、锣三下科）（刽子磨旗②、提刀，押正旦带枷上）（刽子云）行动些③，行动些，监斩官去法场上多时了。（正旦唱）

【正宫端正好】没来由④犯王法，不提防遭刑宪，叫声屈动地惊天！顷刻间游魂先赴森罗殿⑤，怎不将天地也生埋怨。

【滚绣球】有日月朝暮悬，有鬼神掌著生死权，天地也，只合把清浊分辨，可怎生错看了盗跖颜渊⑥？为善的受贫穷更命短，造恶的享富贵又寿延。天地也，做得个怕硬欺软，却原来也这般顺水推船⑦。

---

① 外：元杂剧脚色名，这里是"外末"的省称。
② 磨旗：挥旗、摇旗。
③ 行动些：走快些，表示催促。
④ 没来由：无端的，无缘无故。
⑤ 森罗殿：即阎罗殿。
⑥ 盗跖（zhí）、颜渊：泛指坏人和好人。盗跖，传说春秋时期的大盗，后得以善终；颜渊，孔子的弟子，被誉为贤者的典范，29岁即早夭。这里窦娥是责怪天地善恶不分。
⑦ 顺水推船：比喻趁便行事，这里意谓"趋炎附势"。

地也，你不分好歹何为地？天也，你错勘①贤愚枉做天！哎，只落得两泪涟涟。

（刽子云）快行动些，误了时辰也。（正旦唱）

【倘秀才】则被这枷纽的我左侧右偏，人拥的我前合后偃，我窦娥向哥哥行②有句言。（刽子云）你有甚么话说？（正旦唱）前街里去心怀恨，后街里去死无冤，休推辞路远。

（刽子云）你如今到法场上面，有甚么亲眷要见的，可教他过来，见你一面也好。（正旦唱）

【叨叨令】可怜我孤身只影无亲眷，则落的吞声忍气空嗟怨。（刽子云）难道你爷娘家也没的？（正旦云）止有个爹爹，十三年前上朝取应去了，至今杳无音信。（唱）早已是十年多不睹爹爹面。（刽子云）你适才要我往后街里去，是什么主意？（正旦唱）怕则怕前街里被我婆婆见。（刽子云）你的性命也顾不得，怕他见怎的？（正旦云）俺婆婆若见我披枷带锁赴法场餐刀③去呵，（唱）枉④将他气杀也么哥⑤，枉将他气杀也么哥。告哥哥，临危好与人行方便。

（卜儿哭上科，云）天那，兀的不是我媳妇儿！（刽子云）婆子靠后。（正旦云）既是俺婆婆来了，叫他来，待我嘱付他几句话咱。（刽子云）那婆子，近前来，你媳妇要嘱付你话哩。（卜儿云）孩儿，痛杀我也！（正旦云）婆婆，那张驴儿把毒药放在羊

---

① 错勘：错误地判断。勘，察看，断定。
② 哥哥行（háng）：哥哥那边。行，宋元时可用在人称之后，提示方位。
③ 餐刀：挨刀，被处决。
④ 枉：白白地。
⑤ 也么哥：元曲中的衬字，一般用在句尾，表示感叹。

肚儿汤里，实指望药死了你，要霸占我为妻。不想婆婆让与他老子吃，倒把他老子药死了。我怕连累婆婆，屈招了药死公公，今日赴法场典刑。婆婆，此后遇着冬时年节，月一十五，有瀽①不了的浆水饭，瀽半碗儿与我吃；烧不了的纸钱，与窦娥烧一陌儿②。则是看你死的孩儿面上！（唱）

【快活三】念窦娥葫芦提③当罪愆④，念窦娥身首不完全，念窦娥从前已往干家缘⑤，婆婆也，你只看窦娥少爷无娘面。

【鲍老儿】念窦娥伏侍婆婆这几年，遇时节将碗凉浆奠；你去那受刑法尸骸上烈些纸钱，只当把你亡化的孩儿荐。（卜儿哭科，云）孩儿放心，这个老身都记得。天那，兀的不痛杀我也！（正旦唱）婆婆也，再也不要啼啼哭哭，烦烦恼恼，怨气冲天。这都是我做窦娥的没时没运，不明不暗⑥，负屈衔冤。

　　（刽子做喝科，云）兀那婆子靠后，时辰到了也。（正旦跪科）（刽子开枷科）（正旦云）窦娥告监斩大人，有一事肯依窦娥，便死而无怨。（监斩官云）你有甚事？你说。（正旦云）要一领净席，等我窦娥站立；又要丈二白练，挂在旗枪上。若是我窦娥委实冤枉，刀过处头落，一腔热血休半点儿沾在地下，都飞在白练上者。（监斩官云）这个就依你，打甚么不紧⑦！（刽子做

---

① 瀽（jiǎn）：倒，泼。
② 一陌（mò）儿：旧时指一百纸钱，这里泛指一沓纸钱。
③ 葫芦提：糊涂，不明白，宋元俗语。
④ 罪愆（qiān）：罪恶，罪过。愆，罪过。
⑤ 干家缘：操持家务。
⑥ 不明不暗：糊里糊涂，不明不白。
⑦ 打甚么不紧：即打甚么要紧，有什么要紧。

取席站科，又取白练挂旗上科）（正旦唱）

【耍孩儿】不是我窦娥罚下这等无头愿①，委实的冤情不浅；若没些儿灵圣与世人传，也不见得湛湛②青天。我不要半星热血红尘洒，都只在八尺旗枪素练悬。等他四下里皆瞧见，这就是咱苌弘化碧③，望帝啼鹃④。

（刽子云）你还有甚的说话，此时不对监斩大人说，几时说那？（正旦再跪科，云）大人，如今是三伏天道，若窦娥委实冤枉，身死之后，天降三尺瑞雪，遮掩了窦娥尸首。（监斩官云）这等三伏天道，你便有冲天的怨气，也召不得一片雪来，可不胡说！（正旦唱）

【二煞】你道是暑气暄⑤，不是那下雪天；岂不闻飞霜六月因邹衍⑥？若果有一腔怨气喷如火，定要感的六出冰花⑦滚似绵，免着我尸骸现；要甚么素车白马⑧，断送⑨出古陌荒阡⑩！

（正旦再跪科，云）大人，我窦娥死的委实冤枉，从今以后，

---

① 罚下这等无头愿：发下这等离奇的誓愿。罚，即发。

② 湛湛：清明。

③ 苌弘化碧：苌弘为周时忠臣，无辜被害，传说其血三年后化为碧玉。

④ 望帝啼鹃：传说蜀王杜宇，禅位后去世，其魂化为杜鹃，日夜悲啼，蜀人怀之，遂呼此鸟为杜宇、望帝。

⑤ 暄（xuān）：炎热。

⑥ 邹衍：战国时燕国忠臣。相传他对燕惠王很忠心，燕惠王听信谗言将他囚禁。邹衍仰天大哭，时值夏日，六月竟然下起霜来。后人常用“六月飞霜”来比喻冤狱。

⑦ 六出冰花：指雪花。因为雪的结晶体一般为六角形，故称“六出”。

⑧ 素车白马：白车白马，送葬的车马。东汉时范式和张劭友好，张劭死后，范式从很远的地方乘着白车白马赶来吊丧。后以“素车白马”代指吊丧、送葬。

⑨ 断送：发送，指殡葬。

⑩ 古陌荒阡：指人迹罕至的荒野。

着这楚州亢旱①三年！（监斩官云）打嘴！那有这等说话！（正旦唱）

【一煞】你道是天公不可期，人心不可怜，不知皇天也肯从人愿。做甚么三年不见甘霖降？也只为东海曾经孝妇冤②。如今轮到你山阳县。这都是官吏每无心正法，使百姓有口难言。

（刽子做磨旗科，云）怎么这一会儿天色阴了也？（内做风科③，刽子云）好冷风也！（正旦唱）

【煞尾】浮云为我阴，悲风为我旋，三桩儿誓愿明题遍。（做哭科，云）婆婆也，直等待雪飞六月，亢旱三年呵，（唱）那其间才把你个屈死的冤魂这窦娥显。

（刽子做开刀，正旦倒科）（监斩官惊云）呀，真个下雪了，有这等异事！（刽子云）我也道平日杀人，满地都是鲜血，这个窦娥的血都飞在那丈二白练上，并无半点落地，委实奇怪。（监斩官云）这死罪必有冤枉。早两桩儿应验了，不知亢旱三年的说话，准也不准？且看后来如何。左右，也不必等待雪晴，便与我抬他尸首，还了那蔡婆婆去罢。（众应科，抬尸下）

---

① 亢旱：大旱，久旱。

② 东海曾经孝妇冤：传说汉代东海有位孝顺的寡妇周青，侍奉婆婆矢志不嫁，婆婆为免拖累媳妇自缢而死，却被其小姑诬告杀人，官府不察，竟判死罪。临刑之际，孝妇指身边竹竿语人曰："倘我无罪，血当沿竿往上流。"其言果应，而东海地方乃大旱三年，后来官员查问这里，于公为她雪冤，天方降雨。

③ 内作风科：指后台作出刮风的音响效果。

第四折

　　（窦天章冠带引丑①张千、祗从上，诗云）独立空堂思黯然，高峰月出满林烟；非关有事人难睡，自是惊魂夜不眠。老夫窦天章是也。自离了我那端云孩儿，可早②十六年光景。老夫自到京师，一举及第，官拜参知政事③。只因老夫廉能清正，节操坚刚，谢圣恩可怜④，加⑤老夫两淮提刑肃政廉访使⑥之职，随处审囚刷卷，体察滥官污吏，容老夫先斩后奏。老夫一喜一悲：喜呵，老夫身居台省，职掌刑名，势剑金牌⑦，威权万里；悲呵，有端云孩儿，七岁上与了蔡婆婆为儿媳妇，老夫自得官之后，使人往楚州问蔡婆婆家，他邻里街坊道，自当年蔡婆婆不知搬在那里去了，至今音信皆无，老夫为端云孩儿，啼哭的眼目昏花，忧愁的须发斑白。今日来到这淮南地面，不知这楚州为何三年不雨？老夫今

---

①　丑：元杂剧中脚色名，一般扮演反面人物或小人物。

②　可早：已经，已是。

③　参知政事：官名，元代从二品官员，隶属中书省。

④　可怜：看重。怜，爱。

⑤　加：委任。

⑥　提刑肃政廉访使：元时官名，负责纠察各道的吏治得失和刑狱等事项。

⑦　势剑：即"誓剑""尚方宝剑"，指皇帝所赐的宝剑。金牌：元代武官万户佩戴的金虎符，表示地位和职权。

在这州厅安歇。张千，说与那州中大小属官，今日免参，明日早见。（张千向古门云）一应大小属官，今日免参，明日早见。（窦天章云）张千，说与那六房吏典①，但有合刷照文卷，都将来，待老夫灯下看几宗波。（张千送文卷科）（窦天章云）张千，你与我掌上灯。你每都辛苦了，自去歇息罢。我唤你便来，不唤你休来。（张千点灯，同祗从下）（窦天章云）我将这文卷看几宗咱。"一起犯人窦娥，将毒药致死公公。……"我才看头一宗文卷，就与老夫同姓：这药死公公的罪名，犯在十恶不赦②，俺同姓之人也有不畏法度的。这是问结了的文书，不看他罢，我将这文卷压在底下，别看一宗咱。（做打呵欠科，云）不觉的一阵昏沉上来，皆因老夫年纪高大，鞍马劳困之故。待我搭伏定③书案，歇息些儿咱。（做睡科，魂旦上，唱）

【双调新水令】我每日哭啼啼守住望乡台④，急煎煎把仇人等待，慢腾腾昏地里走，足律律旋风中来⑤，则被这雾锁云埋，撺掇⑥的鬼魂快。

（魂旦望科，云）门神户尉⑦不放我进去。我是廉访使窦天章

---

① 六房吏典：元代中书省下设吏、户、礼、兵、刑、工六部，地方政府据此设六户管理政务，六房吏典，泛指地方衙门的属吏。

② 十恶不赦："十恶"罪名在元代指谋反、谋大逆、谋叛、恶逆、不道、大不敬、不孝、不睦、不义、内乱，犯者不得赦免。窦娥罪名为"药死公公"，属"恶逆"。

③ 搭伏定：伏在……上。

④ 望乡台：旧时迷信说法，认为人死之后，在阴间望乡台上，可望见阳世家中的情况。

⑤ 足律律：快速旋转的样子。

⑥ 撺掇（cuān duo）：催逼、催促。

⑦ 门神户尉：旧时迷信习俗，在门上贴神像，可袪邪、保平安。

女孩儿，因我屈死，父亲不知，特来托一梦与他咱。（唱）

【沉醉东风】我是那提刑的女孩，须不比现世的妖怪，怎不容我到灯影前，却拦截在门桯①外？（做叫科，云）我那爷爷呵！（唱）枉自有势剑金牌，把俺这屈死三年的腐骨骸，怎脱离无边苦海？

（做入见哭科，窦天章亦哭科，云）端云孩儿，你在那里来？（魂旦虚下）（窦天章做醒科，云）好是奇怪也！老夫才合眼去，梦见端云孩儿，恰便似来我跟前一般，如今在那里？我且再看这文卷咱。（魂旦上做弄灯科）（窦天章云）奇怪，我正要看文卷，怎生这灯忽明忽灭的？张千也睡着了，我自己剔灯咱。（做剔灯，魂旦翻文卷科，窦天章云）我剔的这灯明了也，再看几宗文卷。"一起犯人窦娥，药死公公。……"（做疑怪科，云）这一宗文卷，我为头②看过，压在文卷底下，怎生又在这上头？这几时间结了的，还压在底下，我别看一宗文卷波。（魂旦再弄灯科，窦天章云）怎么这灯又是半明半暗的？我再剔这灯咱。（做剔灯，魂旦再翻文卷科）（窦天章云）我剔的这灯明了，我另拿一宗文卷看咱。"一起犯人窦娥，药死公公。……"吪！好是奇怪！我才将这文书分明压在底下，刚剔了这灯，怎生又翻在面上？莫不是楚州后厅里有鬼么？便无鬼呵，这桩事必有冤枉。将这文卷再压在底下，待我另看一宗如何？（魂旦又弄灯科，窦天章云）怎生这灯又不明了？敢有鬼弄这灯？我再剔一剔去。（做剔灯科，魂旦上，做撞见科。窦天章举剑击桌科，云）吪！我说有鬼！兀那鬼魂，老夫是朝廷钦差带牌走马肃政廉访使，你向前来，一剑

---

① 门桯（tīng）：门槛。
② 为头：先前，起初。

挥之两段。张千，亏你也睡的着，快起来，有鬼有鬼。兀的不吓杀老夫也！（魂旦唱）

【乔牌儿】则见他疑心儿胡乱猜，听了我这哭声儿转惊骇。哎，你个窦天章直恁的威风大，且受你孩儿窦娥这一拜。

（窦天章云）兀那鬼魂，你道窦天章是你父亲，"受你孩儿窦娥拜"，你敢错认了也？我的女儿叫做端云，七岁上与了蔡婆婆为儿媳妇。你是窦娥，名字差了，怎生是我女孩儿？（魂旦云）父亲，你将我与了蔡婆婆家，改名做窦娥了也。（窦天章云）你便是端云孩儿？我不问你别的，这药死公公是你不是？（魂旦云）是你孩儿来。（窦天章云）嗏声①！你这小妮子，老夫为你啼哭的眼也花了，忧愁的头也白了，你划地②犯下十恶大罪，受了典刑！我今日官居台省，职掌刑名，来此两淮审囚刷卷，体察滥官污吏；你是我亲生之女，老夫将你治不的，怎治他人？我当初将你嫁与他家呵，要你三从四德。三从者，在家从父，出嫁从夫，夫死从子；四德者，事公姑，敬夫主，和妯娌，睦街坊。今三从四德全无，划地犯了十恶大罪。我窦家三辈无犯法之男，五世无再婚之女；到今日被你辱没祖宗世德，又连累我的清名。你快与我细吐真情，不要虚言支对。若说的有半厘差错，牒发你城隍祠内，着你永世不得人身，罚在阴山永为饿鬼③。（魂旦云）父亲停嗔④息怒，暂罢狼虎之威，听你孩儿慢慢的说一遍咱。我三岁上亡了母

---

① 嗏（jìn）声：住口，不要说了。

② 划地（chǎn dì）：却，反而。

③ 阴山：佛教认为阴间有大石山，极寒极苦，此处拘押犯有重罪的鬼魂。饿鬼：即饿鬼道，佛教六道之一。

④ 嗔（chēn）：怪，怒。

亲，七岁上离了父亲，你将我送与蔡婆婆做儿媳妇。至十七岁与夫配合，才得两年，不幸儿夫亡化，和俺婆婆守寡。这山阴县南门外有个赛卢医，他少俺婆婆二十两银子。俺婆婆去取讨，被他赚到郊外，要将婆婆勒死；不想撞见张驴儿父子两个，救了俺婆婆性命。那张驴儿知道我家有个守寡的媳妇，便道："你婆儿媳妇既无丈夫，不若招我父子两个。"俺婆婆初也不肯，那张驴儿道："你若不肯，我依旧勒死你。"俺婆婆惧怕，不得已含糊许了。只得将他父子两个领到家中，养他过世。有张驴儿数次调戏你女孩儿，我坚执不从。那一日俺婆婆身子不快，想羊肚儿汤吃，你孩儿安排了汤。适值张驴儿父子两个问病，道："将汤来我尝一尝。"说："汤便好，只少些盐醋。"赚的我去取盐醋，他就暗地里下了毒药。实指望药杀俺婆婆，要强逼我成亲。不想俺婆婆偶然发呕，不要汤吃，却让与他老子吃，随即七窍流血药死了。张驴儿便道："窦娥药死了俺老子，你要官休？要私休？"我便道："怎生是官休？怎生是私休？"他道："要官休，告到官司，你与俺老子偿命；若私休，你便与我做老婆。"你孩儿便道："好马不鞴双鞍，烈女不更二夫。我至死不与你做媳妇，我情愿和你见官去。"他将你孩儿拖到官中，受尽三推六问，吊拷绷扒①。便打死孩儿，也不肯认。怎当州官见你孩儿不认，便要拷打俺婆婆；我怕婆婆年老，受刑不起，只得屈认了。因此押赴法场，将我典刑。你孩儿对天发下三桩誓愿：第一桩，要丈二白练挂在旗枪上，若系冤枉，刀过头落，一腔热血休滴在地下，都飞在白练上；第

---

① 吊拷绷扒（bēng bā）：剥去衣服，用绳子捆绑，吊起来拷打。

二桩，现今三伏天道，下三尺瑞雪，遮掩你孩儿尸首；第三桩，着他楚州大旱三年。果然血飞上白练，六月下雪，三年不雨，都是为你孩儿来。（诗云）不告官司只告天，心中怨气口难言。防他老母遭刑宪，情愿无辞认罪愆。三尺琼花①骸骨掩，一腔鲜血练旗悬；岂独霜飞邹衍屈，今朝方表窦娥冤。（唱）

【雁儿落】你看这文卷曾道来不道来，则我这冤枉要忍耐如何耐？我不肯顺他人，倒着我赴法场；我不肯辱祖上，倒把我残生坏。

【得胜令】呀，今日个搭伏定摄魂台②，一灵儿怨哀哀。父亲也，你现掌着刑名事，亲蒙圣主差，端详这文册，那厮乱纲常合当败，便万剐③了乔才④，还道报冤仇不畅怀。

（窦天章做泣科，云）哎！我那屈死的儿，则被你痛杀我也！我且问你：这楚州三年不雨，可真个是为你来？（魂旦云）是为你孩儿来。（窦天章云）有这等事！到来朝我与你做主。（诗云）白头亲苦痛哀哉，屈杀了你个青春女孩。只恐怕天明了，你且回去，到来日我将文卷改正明白。（魂旦暂下）（窦天章云）呀，天色明了也。张千，我昨日看几宗文卷，中间有一鬼魂来诉冤枉。我唤你好几次，你再也不应，直恁的好睡那。（张千云）我小人两个鼻子孔一夜不曾闭，并不听见女鬼诉什么冤状，也不曾听见相公呼唤。（窦天章做叱科，云）呕！今早升厅坐衙，张千，喝

---

① 琼花：指雪花。
② 摄魂台：旧时迷信认为摄魂台是东岳大帝拘押阴魂之处。
③ 剐（guǎ）：指"凌迟"之刑。
④ 乔才：骂人的词，犹坏蛋、恶棍。

揝厢者。（张千做幺喝科，云）在衙人马平安，抬书案①！（禀云）州官见。（外扮州官入参科）（张千云）该房吏典见。（丑扮吏入参见科）（窦天章问云）你这楚州一郡，三年不雨，是为着何来？（州官云）这个是天道亢旱，楚州百姓之灾，小官等不知其罪。（窦天章做怒云）你等不知罪么！那山阳县有用毒药谋死公公犯妇窦娥，他问斩之时曾发愿道："若是果有冤枉，着你楚州三年不雨，寸草不生。"可有这件事来？（州官云）这罪是前升任桃州守问成的，现有文卷。（窦天章云）这等糊突的官也着他升去！你是继他任的，三年之中可曾祭这冤妇么？（州官云）此犯系十恶大罪，元不曾有祠，所以不曾祭得。（窦天章云）昔日汉朝有一孝妇守寡，其姑自缢身死，其姑女告孝妇杀姑，东海太守将孝妇斩了。只为一妇含冤，致令三年不雨。后于公治狱，仿佛见孝妇抱卷哭于厅前，于公将文卷改正，亲祭孝妇之墓，天乃大雨。今日你楚州大旱，岂不正与此事相类？张千，分付该房金牌下山阳县，着拘张驴儿、赛卢医、蔡婆婆一起②人犯，火速解审，毋得违误片刻者。（张千云）理会得。（下）（丑扮解子押张驴儿、蔡婆婆同张千上，禀云）山阳县解到审犯听点。（窦天章云）张驴儿。（张驴儿云）有。（窦天章云）蔡婆婆。（蔡婆婆云）有。（窦天章云）怎么赛卢医是紧要人犯不到？（解子云）赛卢医三年前在逃，一面着广捕批缉拿去了，待获日解审。（窦天章云）张驴儿，那蔡婆婆是你的后母么？（张驴儿云）母亲好冒

---

① 在衙人马平安，抬书案：元杂剧中官员升厅理事时，衙役吆喝的话，为当时排衙的一种仪式。

② 一起：一伙，一群。

认的？委实是。（窦天章云）这药死你父亲的毒药，卷上不见有合药的人，是那个合的毒药？（张驴儿云）是窦娥自合就的毒药。（窦天章云）这毒药必有一个卖药的医铺。想窦娥是个少年寡妇，那里讨这药来。张驴儿，敢是你合的毒药么？（张驴儿云）若是小人合的毒药，不药别人，倒药死自家老子？（窦天章云）我那屈死的儿咏，这一节是紧要公案，你不自来折辩①，怎得一个明白？你如今冤魂却在那里？（魂旦上，云）张驴儿，这药不是你合的，是那个合的？（张驴儿做怕科，云）有鬼有鬼，撮盐入水，太上老君急急如律令敕②。（魂旦云）张驴儿，你当日下毒药在羊肚儿汤里，本意药死俺婆婆，要逼勒我做浑家。不想俺婆婆不吃，让与你父亲吃，被药死了。你今日还敢赖哩！（唱）

【川拨棹】猛见了你这吃敲材③，我只问你这毒药从何处来？你本意待暗里栽排，要逼勒④我和谐，倒把你亲爷毒害，怎教咱替你耽罪责！

　　（魂旦做打张驴儿科）（张驴儿做避科，云）太上老君急急如律令敕。大人说这毒药必有个卖毒药的医铺，若寻得这卖药的人来和小人折对，死也无词。（丑扮解子解赛卢医上，云）山阳县续解到犯人一名赛卢医。（张千喝云）当面。（窦天章云）你三年前要勒死蔡婆婆，赖他银子，这事怎么说？（赛卢医叩头科，云）小的要赖蔡婆婆银子的情是有的，当被两个汉子救了，那婆婆并

① 折辩：分辩，辩白。
② 撮（cuō）盐入水，太上老君急急如律令敕：这是张驴儿模仿道士驱鬼符咒与动作。
③ 吃敲材：犹言"该死的家伙"。敲，仗杀。
④ 逼勒：逼迫，强迫。

不曾死。（窦天章云）这两个汉子你认的他叫做什么名姓？（赛卢医云）小的认便认得，慌忙之际可不曾问的他名姓。（窦天章云）现有一个在阶下，你去认来。（赛卢医做下认科，云）这个是蔡婆婆。（指张驴儿云）想必这毒药事发了。（上云）是这一个。容小的诉禀：当日要勒死蔡婆婆时，正遇见他爷儿两个救了那婆婆去。过得几日，他到小的铺中讨服毒药。小的是念佛吃斋人，不敢做昧心的事，说道："铺中只有官料药①，并无什么毒药。"他就睁着眼道："你昨日在郊外要勒死蔡婆婆，我拖你见官去。"小的一生最怕的是见官，只得将一服毒药与了他去。小的见他生相是个恶的，一定拿这药去药死了人，久后败露，必然连累，小的一向逃在涿州地方，卖些老鼠药。刚刚是老鼠被药杀了好几个，药死人的药，其实再也不曾合。（魂旦唱）

【七弟兄】你只为赖财，放乖，要当灾。（带云）这毒药呵，（唱）原来是你赛卢医出卖，张驴儿买，没来由填做我犯由牌②，到今日官去衙门在。

（窦天章云）带那蔡婆婆上来。我看你也六十外人了，家中又是有钱钞的，如何又嫁了老张，做出这等事来？（蔡婆婆云）老妇人因为他爷儿两个救了我的性命，收留他在家养膳过世；那张驴儿常说要将他老子接脚进来，老妇人并不曾许他。（窦天章云）这等说，你那媳妇就不该认做药死公公了。（魂旦云）当日问官要打俺婆婆，我怕他年老受刑不起，因此咱认做药死公公，委实是屈招个！（唱）

---

① 官料药：政府准许公开售卖的药物。
② 犯由牌：旧时标示犯人身份、罪状的牌子。

【梅花酒】你道是咱不该这招状供写的明白，本一点孝顺的心怀，倒做了惹祸的胚胎。我只道官吏每还复勘①，怎将咱屈斩首在长街！第一要素旗枪鲜血洒，第二要三尺雪将死尸埋，第三要三年旱示天灾：咱誓愿委实大。

【收江南】呀，这的是②衙门从古向南开，就中无个不冤哉！痛杀我娇姿弱体闭泉台③，早三年以外，则落的悠悠流恨似长淮。

（窦天章云）端云儿也，你这冤枉我已尽知，你且回去。待我将这一起人犯并原问官吏另行定罪，改日做个水陆道场④，超度你升天便了。（魂旦拜科，唱）

【鸳鸯煞尾】从今后把金牌势剑从头摆，将滥官污吏都杀坏，与天子分忧，万民除害。（云）我可忘了一件，爹爹，俺婆婆年纪高大，无人侍养，你可收恤家中，替你孩儿尽养生送死之礼，我便九泉之下，可也瞑目。（窦天章云）好孝顺的儿也！（魂旦唱）嘱付你爹爹，收养我奶奶。可怜他无妇无儿，谁管顾年衰迈！再将那文卷舒开，（带云）爹爹也，把我窦娥名下，（唱）屈死的于伏罪名儿改。（下）

（窦天章云）唤那蔡婆婆上来，你可认的我么？（蔡婆婆云）老妇人眼花了，不认的。（窦天章云）我便是窦天章。适才的鬼魂，便是我屈死的女孩儿端云。你这一行人听我下断⑤：张驴儿

---

① 复勘：再次审查勘定。
② 的是：确实是。
③ 泉台：坟墓，也指阴间。
④ 水陆道场：佛教设置的法会，供奉神鬼及水陆众生，以超度亡灵。
⑤ 下断：宣判，判决。

毒杀亲爷，谋占寡妇，合拟凌迟，押付市曹中钉上木驴①，剐一百二十刀处死。升任州守桃杌并该房吏典，刑名违错，各杖一百，永不叙用。赛卢医不合赖钱，勒死平民；又不合修合②毒药，致伤人命，发烟瘴地面③，永远充军。蔡婆婆我家收养，窦娥罪改正明白。（词云）莫道我念亡女与他灭罪消愆，也只可怜见楚州郡大旱三年。昔于公曾表白东海孝妇，果然是感召得灵雨如泉。岂可便推诿道天灾代有，竟不想人之意感应通天。今日个将文卷重行改正，方显的王家法不使民冤。

题目　秉鉴持衡④廉访法
正名⑤　感天动地窦娥冤

---

① 木驴：古代刑具，有铁刺的木架，犯人受凌迟刑罚之前，先放在木驴上游街示众，称为"骑木驴"。
② 修合：配制、调配。
③ 烟瘴地面：指西南一带瘴气很大的边远地区，旧时犯人常被发配之处。
④ 秉鉴持衡：指明察案件，公正执法。鉴，镜子。衡，秤。
⑤ 题目、正名：元杂剧用二句或四句对文概括全剧内容，前半部分谓之"题目"，后半部分谓之"正名"，有时放在剧首，有时放在末尾。

赵盼儿风月救风尘

导　读

　　《赵盼儿风月救风尘》又名《救风尘》，为关汉卿最优秀的喜剧作品之一。该剧塑造了聪明机智的女性形象赵盼儿，剧本结构严密精巧，台词风趣幽默，情节设置充满喜剧元素，人物形象栩栩如生，体现了作者高超的艺术水平。《救风尘》被多种戏曲选本收录，至今仍被各种地方剧种改编上演，如昆剧、越剧的《救风尘》，评剧、川剧的《赵盼儿》等，足见其艺术生命力之强大。

　　该剧题目为"安秀才花柳成花烛"，正名为"赵盼儿风月救风尘"。现存《古名家杂剧》本和《元曲选》本。

　　元杂剧中不少作品都以妓女生活为题材，亦即属于所谓的风尘戏。这些戏多半以妓女和书生恋爱，后遭波折，幸而由于友人调护终得团圆这一线索为主干，《救风尘》一剧也不例外。然而此剧的表现手法以及艺术水平都远远超过了他剧。如在情节设置上，同是写妓女书生恋爱，宋引章和安秀实两人之间之所以出现感情波折，既不是由于鸨儿间阻，也不是由于安秀才外出求取功名不归，而是由于"自小上花台做子弟"的周舍手段高明，而这种手段又不是倚官仗势。尽管剧本一开始周舍即自称为"周同知的孩儿"，是个宦家子弟，但这个"衙内"却和关汉卿笔下其他恶少形象（如鲁斋郎）不同，他的权势还没有达到"嫌官小不做，嫌马瘦不骑"的地步，却懂得用小恩小惠、花言巧语打动女人。此剧第一折通过宋引章之口形容他："一年四季，夏天我好的一觉响睡，他替你妹子打着扇；冬天替你妹子温的铺盖儿暖了，着你妹子歇息。但你妹子那里人情去，穿的那一套衣服，戴的那一副头面，替你妹子提领系、整钗环。"正是由于这样，周舍这个有钱有势但又不仗势凌人的特殊反面人物，在关剧同类题材的作品中可以称得上独特一例。

《救风尘》的戏剧冲突也设计得很有特点。这场冲突集中显示在赵盼儿和周舍两人的交锋较量过程中，可分为四个阶段：第一阶段着重表现周舍如何以花言巧语诱骗急于从良的宋引章，以及赵盼儿如何劝说宋引章，破坏周舍的阴谋；第二阶段着重表现宋引章自知上当受骗后向赵盼儿发书求救，以及赵盼儿如何赶赴郑州与周舍周旋，诱骗周舍给宋引章写"休书"；第三阶段着重表现赵盼儿和宋引章拿到"休书"后迅速离开郑州城，周舍知道上当后急忙追赶，双方面对面进行对质；第四阶段写周舍抢休书不成，笃信见官问罪能够取胜，于是矛盾双方集中到公堂打官司。在这四个阶段中，"劝说宋引章"是冲突的开始，"诱骗周舍"是冲突的发展，"争休书"是冲突的第一高潮，"打官司"是冲突的第二高潮，太守下断是冲突的结束。《救风尘》矛盾冲突的喜剧性，集中体现在四个阶段的承接演变过程中，体现在美与丑，善与恶相互斗争较量过程中，这些冲突环环相扣、紧凑合理，让观众不断为主人公的命运感到担心，达到了引人入胜的艺术效果。王国维曾就这一点评论："关汉卿之《救风尘》，其布置结构，亦极意匠惨淡之至，宁较后世之传奇，有优无劣也。"（《宋元戏曲史·元剧之文章》）

剧中还塑造了赵盼儿这个聪明、练达、富有同情心、机智勇敢的动人艺术形象。她一出场便表现了对社会人情的深刻认识和透彻观察。宋引章想嫁给恶少同舍，原因是周舍"知重"她，赵盼儿却劝说道：

【胜葫芦】你道这子弟情肠甜似蜜，但娶到他家里，多无半载周年相弃掷，早努牙突嘴，拳椎脚踢，打的你哭啼啼。

【么篇】恁时节船到江心补漏迟，烦恼怨他谁？事要前思免后悔。我也劝你不得，有朝一日，准备着搭救你块望夫石。

随着情节的发展，果不出赵盼儿所料，宋引章嫁了周舍后，备受折磨，寄书求救。赵盼儿的先见之明，体现了她对人情世故的深刻观察和体验。

赵盼儿不仅远见卓识，而且有情有义。这主要体现在她搭救宋引章这件事情上。宋引章写信求救，赵盼儿固然庆幸自己的先见之明，可她并不计较宋引章当年的执拗，而是立即拔刀相助。正如她自己说的："我自己也是贪杯惜醉人。"此话一出口，赵盼儿的形象也立即丰满起来。

作品中还表现了赵盼儿的聪明、勇敢和富于自我牺牲的精神。赵盼儿敢于和恶少周舍周旋，展开针锋相对的斗争，说明了她勇；迫使"酒肉场中三十载，花星整照二十年"的嫖客一步步就范，陷入自己所设的圈套，显示了她智。赵盼儿深知对付像周舍这样的风月老手，只有摸准对方的弱点，才能一步步诱使他上钩，达到自己设定的目标。她利用周舍寻花问柳的难改劣性，用美貌诱骗周舍上当，表现出无私的牺牲精神。她主动出击，滴水不漏，使周舍栽了跟头，感叹"骑马一世，驴背上失了一脚"。全剧中赵盼儿性格成熟，既有主见又不呆板，语言犀利而又不乏风趣。作者甚至将她比作"桃园中杀白马，宰乌牛"的刘、关、张。将妓女和英雄人物相提并论，这在古代文学作品中的确少见，由此可见作者对她赞叹歌颂的程度。

本剧语言运用上也颇具匠心。作为一部喜剧，《救风尘》中不乏大量风趣幽默的台词。如周舍信口开河地诬蔑宋引章："则见那轿子一晃一晃的，……我揭起轿帘一看，则见她精赤条条的，在里面打筋斗。来到家中，我说：'你套一床被我盖。'我到房里，只见被子倒高似床。我便叫：'那妇人在哪里？'则听的被子里答应道：'周舍，我在被子里面。'我道：'在被子里做什么？'她道：'我套绵子，把我翻在里头了。'我拿起棍来，恰待要打，她道：'周舍，打我不打紧，休打了隔壁王婆婆。'我道：'好也，把邻舍都翻在被里面！'"这些台词固然是喜剧角色的插科打诨，但也形象地说明周舍这家伙不假思索漫天扯谎的本领，可谓非常传神。（孙向锋）

第一折

（冲末扮周舍上，诗云）酒肉场中三十载，花星整照二十年；一生不识柴米价，只少花钱共酒钱。自家郑州人氏，周同知①的孩儿周舍是也。自小上花台做子弟②。这汴梁城中，有一歌者，乃是宋引章。他一心待嫁我，我一心待娶他，争奈他妈儿不肯。我今做买卖回来，今日特到他家去，一来去望妈儿，二来就提这门亲事，多少是好。（下）

（卜儿同外旦上，云）老身汴梁人氏，自身姓李，夫主姓宋，早年亡化已过。止有这个女孩儿，叫做宋引章。俺孩儿拆白道字，顶真续麻③，无般不晓，无般不会。有郑州周舍，与孩儿作伴多年，一个要娶，一个要嫁，只是老身谎彻梢虚④，怎么便肯？引章，那周舍亲事，不是我百般板障⑤，只怕你久后自家受苦。（外旦云）奶奶，不妨事，我一心则待要嫁他。（卜儿云）随你，随

① 同知：官名，相当于知府的副职。
② 上花台做子弟：指出入妓院。花台，妓院。
③ 拆白道字，顶真续麻：都是宋元时期的文字游戏，前者指把一个字拆开来说，后者指上句的末字是下句的首字，类似诗歌中的"顶真"修辞手法。
④ 谎彻梢虚：即撒谎作假，表面敷衍。
⑤ 板障：指用木板设置障碍，这里指阻挠。

你！（周舍上，云）自家周舍，来此正是他门首，只索进去。（做见科）（外旦云）周舍，你来了也！（周舍云）我一径的来问亲事，母亲如何？（外旦云）母亲许了亲事也。（周舍云）我见母亲去。（卜儿做见科）（周舍云）母亲，我一径的来问这亲事哩。（卜儿云）今日好日辰，我许了你，则休欺负俺孩儿。（周舍云）我并不敢欺负大姐。母亲，把你那姊妹弟兄都请下者，我便收拾来也。（卜儿云）大姐，你在家执料，我去请那一辈儿老姊妹去来。（周舍诗云）数载间费尽精神，到今朝才许成亲。（外旦云）这都是天缘注定。（卜儿云）也还有不测风云。（同下）（外扮安秀实上，诗云）刘蒉下第千年恨，范丹守志一生贫①；料得苍天如有意，断然不负读书人。小生姓安，名秀实，洛阳人氏。自幼颇习儒业，学成满腹文章，只是一生不能忘情花酒。到此汴梁，有一歌者宋引章，和小生作伴。当初他要嫁我来，如今却嫁了周舍。他有个八拜交的姐姐，是赵盼儿，我去央他劝一劝，有何不可。赵大姐在家么？（正旦扮赵盼儿上，云）妾身赵盼儿是也。听的有人叫门，我开门看咱。（见科，云）我道是谁，原来是妹夫。你那里来？（安秀实云）我一径的来相烦你。当初姨姨要引章嫁我来，如今却要嫁周舍，我央及你劝他一劝。（正旦云）当初这亲事不许你来？如今又要嫁别人，端的姻缘事非同容易也呵！（唱）

【仙吕点绛唇】妓女追陪，觅钱一世，临收计，怎做的百纵千随，知重咱风流媚。

---

① 刘蒉（fén）下第千年恨，范丹守志一生贫：刘蒉乃唐代进士，因对策直言不第；范丹乃东汉时人，终生穷困却坚守己志。

【混江龙】我想这姻缘匹配，少一时一刻强难为。如何可意？怎的相知？怕不便脚搭着脑杓①成事早，怎知他手拍着胸脯悔后迟！寻前程，觅下梢②，恰便是黑海也似难寻觅。料的来人心不问，天理难欺。

【油葫芦】姻缘簿全凭我共你？谁不待拣个称意的？他每都拣来拣去百千回，待嫁一个老实的，又怕尽世儿难成对；待嫁一个聪俊的，又怕半路里轻抛弃。遮莫③向狗溺处藏，遮莫向牛屎里堆，忽地便吃了一个合扑地④，那时节睁着眼怨他谁！

【天下乐】我想这先嫁的还不曾过几日，早折⑤的，容也波仪瘦似鬼⑥，只教你难分说、难告诉、空泪垂！我看了些觅前程俏女娘，见了些铁心肠男子辈，便一生里孤眠，我也直甚颓⑦！

（云）妹夫，我可也待嫁个客人，有个比喻。（安秀实云）喻将何比？（正旦唱）

【哪吒令】待妆个老实，学三从四德；争奈是匪妓，都三心二意。端的是那里是三梢末尾⑧？俺虽居在柳陌中、花街内，可是那件儿便宜⑨？

---

① 脚搭着脑杓（sháo）：形容飞奔、快跑。脑杓，即后脑勺。
② 下梢：结局，结果。
③ 遮莫：尽管。
④ 合扑地：摔跤。元代无名氏《盆儿鬼》第三折："扭回身疾便入房内，被门桯绊我一个合扑地。"
⑤ 折：折磨。
⑥ 容也波仪瘦似鬼：指被折磨得容颜憔悴，日渐消瘦。
⑦ 直甚颓：值什么，意即算不了什么。颓，较粗野的骂人的詈词。
⑧ 三梢末尾：同"下梢"，即结尾，收场。
⑨ 可是那件儿便宜：意即我也不是那般廉价的。

【鹊踏枝】俺不是卖查梨，他可也逞刀锥①；一个个败坏人伦，乔做胡为。（云）但来两三遭，问那厮要钱，他便道："这弟子敲镘儿②哩。"（唱）但见俺有些儿不伶俐③，便说是女娘家要哄骗东西。

【寄生草】他每有人爱为娼妓，有人爱作次妻④。干家的⑤干落得淘闲气，买虚的看取些羊羔利⑥，嫁人的早中了拖刀计⑦。他正是："南头做了北头开，东行不见西行例⑧。"

（云）妹夫，你且坐一坐，我去劝他。劝的省⑨时，你休欢喜；劝不省时，休烦恼。（安秀实云）我不坐了，且回家去等信罢。大姐留心者。（下）（正旦做行科，见外旦云）妹子，你那里人情⑩去？（外旦云）我不人情去，我待嫁人哩。（正旦云）我正来与你保亲。（外旦云）你保谁？（正旦云）我保安秀才。（外旦云）我嫁了安秀才呵，一对儿好打莲花落⑪。（正旦云）你待嫁

---

① 俺不是卖查梨，他可也逞刀锥：卖查梨即"没查利"，是当时方言，即"无准绳"。这两句是说就算我真诚对他，没有作假，但他仍然要往坏处去想。

② 敲镘儿：敲诈勒索。镘儿，指钱。

③ 不伶俐：这里指身体不舒服。另有不干净之意，指男女间的不正当关系。如元郑廷玉《后庭花》第一折："如今有一人，乃是李顺，他是个酒徒，他浑家与我有些不伶俐的勾当。"

④ 次妻：即小妾。

⑤ 干家的：操持家务的，指踏实做事的。

⑥ 买虚的看取些羊羔利：指弄虚作假的骗子是连本带利都要骗到手的。羊羔利，一种高利贷，放债过一年，要加倍收回本利。

⑦ 拖刀计：旧指武将假装拖着刀败走，乘敌不备，又突然回头攻击之计。这里意即圈套、陷阱。

⑧ 南头做了北头开，东行不见西行例：元时俗语，指不吸取前人的教训，要重蹈覆辙。

⑨ 省：即明白，清楚。

⑩ 人情：人情往来，应酬。

⑪ 打莲花落：唱乞讨的小曲，指乞讨，当乞丐。

谁？（外旦云）我嫁周舍。（正旦云）你如今嫁人，莫不还早哩？（外旦云）有甚么早不早！今日也大姐，明日也大姐，出了一包儿脓①，我嫁了，做一个张郎家妇，李郎家妻，立个妇名，我做鬼也风流的。（正旦唱）

【村里迓鼓】你也合三思而行，再思可矣，你如今年纪小哩，我与你慢慢的别寻个姻配。你可便宜，只守着铜斗儿家缘家计，也是你歹姐姐把衷肠话劝妹妹，我怕你受不过男儿气息。

（云）妹子，那做丈夫的做不的子弟，做子弟的做不的丈夫。

（外旦云）你说我听咱。（正旦唱）

【元和令】做丈夫的便做不的子弟，他终不解其意。那做子弟的他影儿里会虚脾②。那做丈夫的忒老实。（外旦云）那周舍穿着一架子衣服，可也堪爱哩。（正旦唱）那厮虽穿着几件虼螂皮③，人伦事晓得甚的？

（云）妹子，你为甚么就要嫁他？（外旦云）则为他知重您妹子，因此要嫁他。（正旦云）他怎么知重你？（外旦云）一年四季，夏天我好的一觉晌睡，他替你妹子打着扇；冬天替你妹子温的铺盖儿暖了，着你妹子歇息；但你妹子那里人情去，穿的那一套衣服，戴的那一副头面，替你妹子提领系、整钗镮④。只为他这等知重你妹子，因此上一心要嫁他。（正旦云）你原来为这般

---

① 今日也大姐，明日也大姐，出了一包儿脓：这里暗指妓女的遭遇。"姐"与"疖"谐音。

② 虚脾：指虚情假意。

③ 虼螂（gè láng）皮：比喻华美的外衣，但是内里却极为肮脏。虼螂，即俗称"屎壳郎"。

④ 钗镮（huán）：指首饰耳环。

呵。（唱）

【上马娇】我听的说就里，你原来为这的，倒引的我忍不住笑微微。你道是暑月间扇子揹①着你睡，冬月间着炭火煨，烘炙着绵衣。

【游四门】吃饭处，把匙头挑了筋共皮；出门去，提领系、整衣袂，戴插头面整梳箆②。衡一味是虚脾，女娘每不省越着迷。

【胜葫芦】你道这子弟情肠甜似蜜，但娶到他家里，多无半载周年相掷弃，早努牙突嘴，拳椎脚踢，打的你哭啼啼。

【幺篇】恁时节船到江心补漏迟，烦恼怨他谁？事要前思免后悔。我也劝你不得，有朝一日，准备着搭救你块望夫石。

（云）妹子，久以后你受苦呵，休来告我。（外旦云）我便有那该死的罪，我也不来央告你。（周舍上，云）小的每，把这礼物摆的好看些。（正旦云）来的敢是周舍？那厮不言语便罢，他若但言，着他吃我几嘴好的。（周舍云）那壁姨姨敢是赵盼儿么？（正旦云）然也。（周舍云）请姨姨吃些茶饭波。（正旦云）你请我？家里饿皮脸也，揭了锅儿底，窨子里秋月③——不曾见这等食！（周舍云）央及姨姨，保门亲事。（正旦云）你着我保谁？（周舍云）保宋引章。（正旦云）你着我保宋引章那些儿？保他那针指油面，刺绣铺房，大裁小剪，生儿长女？（周舍云）这歪剌骨好歹嘴也。我已成了事，不索央你。（正旦云）我去罢。（做出

---

① 揹（qián）：用肩扛东西。

② 梳箆（bì）：指梳子。齿稀的称"梳"，齿密的称"箆"，旧时梳理头发用梳，清除发垢用箆。

③ 家里饿皮脸也，揭了锅儿底，窨（yìn）子里秋月：我家里饿死人了？揭了锅底儿了？地窨里出月亮了？这三句是赵盼儿对周舍说：你请我？这实在是件稀奇的事。窨子，地窨。

门科）（安秀实上，云）姨姨，劝的引章如何？（正旦云）不济事了也。（安秀实云）这等呵，我上朝求官应举去罢。（正旦云）你且休去，我有用你处哩。（安秀实云）依着姨姨说，我且在客店中安下，看你怎么发付①我。（下）（正旦唱）

【赚煞】这妮子是狐魅人女妖精，缠郎君天魔祟。则他那裤儿里休猜做有腿②。吐下鲜红血，则当做苏木水③。耳边休采那等闲事，那的是最容易剜眼睛嫌的，则除是亲近着他便欢喜④。（带云）着他疾省呵，（唱）哎，你个双郎⑤子弟，安排下金冠霞帔，（带云）一个夫人来到手儿里了。（唱）却则为三千张茶引⑥，嫁了冯魁。（下）

（周舍云）辞了母亲，着大姐上轿，咱回郑州去来。（诗云）才出娼家门，便作良家妇。（外旦诗云）只怕吃了良家亏，还想娼家做。（同下）

---

① 发付：指打发，发落。
② 则他那裤儿里休猜做有腿：裤子里像没有长腿一样，意即宋引章没有主见，轻易便跟人走了。
③ 苏木水：苏木树的茎和皮做成的红色染料。这里是指赵盼儿说宋引章不懂她的真心，不把她的话放在心上。
④ 那的是最容易剜眼睛嫌的，则除是亲近着他便欢喜：这两句是说宋引章不爱听真话，只喜欢虚情假意的亲近。
⑤ 双郎：双渐，北宋书生，传说双渐与妓女苏小卿相爱，但茶商冯魁趁双渐进京赶考时强行买走了苏小卿，后双渐高中进士，见到苏小卿题于镇江金山寺的怀念他的诗，便赎回小卿，二人结为夫妻。这里双郎是指安秀实，下文冯魁是指周舍。
⑥ 茶引：又称护票，是茶商缴纳茶税后，由官方下发的茶叶专卖凭证。

第二折

　　（周舍同外旦上，云）自家周舍是也。我骑马一世，驴背上失了一脚①。我为娶这妇人呵，整整磨了半截舌头，才成得事。如今着这妇人上了轿，我骑了马，离了汴京，来到郑州。让他轿子在头里走，怕那一般的舍人②说："周舍娶了宋引章。"被人笑话。则见那轿子一晃一晃的，我向前打那抬轿的小厮，道："你这等欺我！"举起鞭子就打。问他道："你走便走，晃怎么？"那小厮道："不干我事，奶奶在里边不知做甚么？"我揭起轿帘一看，则见他精赤条条的在里面打筋斗。来到家中，我说："你套一床被我盖。"我到房里，只见被子倒高似床。我便叫："那妇人在那里？"则听的被子里答应道："周舍，我在被子里面哩。"我道："在被子里面做甚么？"他道："我套绵子，把我翻在里头了。"我拿起棍来，恰待要打，他道："周舍，打我不打紧，休打了隔壁王婆婆。"我道："好也，把邻舍都翻在被里面！"（外旦云）我那里有这等事？（周舍云）我也说不得这许多。兀那贱人，

---

① 我骑马一世，驴背上失了一脚：比喻阅历丰富的行家，却在小事上摔了跟头。

② 舍人：相当于"公子"，宋元时期对官宦人家子弟的称呼。

我手里有打杀的，无有买休卖休①的。且等我吃酒去，回来慢慢的打你。（下）（外旦云）不信好人言，必有恓惶②事。当初赵家姐姐劝我不听，果然进的门来，打了我四十杀威棒，朝打暮骂，怕不死在他手里。我这隔壁有个王货郎，他如今去汴梁做买卖，我与一封书捎将去，着俺母亲和赵家姐姐来救我。若来迟了，我无那活的人也。天哪，只被你打杀我也！（下）

（卜儿哭上，云）自家宋引章的母亲便是。有我女孩儿从嫁了周舍，昨日王货郎寄信来，上写着道："从到他家，进门打了五十杀威棒。如今朝打暮骂，看看至死，可急急央赵家姐姐来救我。"我拿着书去与赵家姐姐说知，怎生救他去。引章孩儿，则被你痛杀我也！（下）

（正旦上，云）自家赵盼儿。我想这门衣饭，几时是了也呵！（唱）

【商调集贤宾】咱这几年来待嫁人心事有，听的道谁揭债③、谁买休。他每待强巴劫④深宅大院，怎知道摧折了舞榭歌楼？一个个眼张狂似漏了网的游鱼。一个个嘴卢都似跌了弹的斑鸠⑤。御园中可不道是栽路柳，好人家怎容这等娼优。他每初时间有些实意，临老也没回头。

---

① 买休卖休：买休指花钱赎身，卖休名为休妻实为卖妻。
② 恓惶（xī huáng）：惊慌烦恼的样子。
③ 揭债：放债。这里指从良后的妓女被再次发卖。
④ 巴劫：巴结。
⑤ 一个个眼张狂似漏了网的游鱼。一个个嘴卢都似跌了弹的斑鸠：前句是写妓女急于从良的样子，后句是写妓女从良后被摧残的惨状。

【逍遥乐】那一个不因循①成就，那一个不顷刻前程，那一个不等闲间罢手②。他每一做一个水上浮沤③。和爷娘结下不厮见的冤仇，恰便似日月参辰和卯酉④，正中那男儿机彀⑤。他使那千般贞烈，万种恩情，到如今一笔都勾。

（卜儿上，云）这是他门首，我索过去。（做见科，云）大姐，烦恼杀我也！（正旦云）奶奶，你为甚么这般啼哭？（卜儿云）好教大姐知道：引章不听你劝，嫁了周舍；进门去打了五十杀威棒，如今打的看看至死，不久身亡。姐姐，怎生是好？（正旦云）呀！引章吃打了也。（唱）

【金菊香】想当日他暗成公事，只怕不相投。我当初作念你的言词，今日都应口。则你那去时，恰便似去秋。他本是薄幸的班头⑥，还说道有恩爱、结绸缪⑦。

【醋葫芦】你铺排着鸳衾和凤帱，指望效天长共地久；蓦入门知滋味便合休。几番家眼睁睁打干净⑧，待离了我这手。（带云）赵盼儿，（唱）你做的个见死不救，可不羞杀这桃园中杀白马、宰乌牛⑨？

---

① 因循：随意。
② "那一个不因循成就"三句：这三句是写妓女们因为急于从良而仓促结为夫妻，但结局都并不如意。
③ 水上浮沤：水面上的泡，瞬间便会消失。
④ 日月参辰和卯酉：这三组均是对立的事物，太阳与月亮、参星与商星、卯和酉都不可能在一起出现。
⑤ 机彀（gòu）：机关。
⑥ 班头：班行之首。这里是说周舍是第一薄情之人。
⑦ 绸缪（chóu móu）：情意殷切缠绵。
⑧ 打干净：不予理睬、置身事外。
⑨ 这桃园中杀白马、宰乌牛：刘备、关羽、张飞三人在桃园中结义，曾宰白马祭天，宰乌牛祭地。

（云）既然是这般呵，谁着你嫁他来？（卜儿云）大姐，周舍说誓来。（正旦唱）

【幺篇】那一个不嗲可可①道横死亡？那一个不实丕丕②拔了短筹？则你这亚仙子母老实头③。普天下爱女娘的子弟口，（带云）奶奶，不则周舍说谎也，（唱）那一个不指皇天各般说咒？恰似秋风过耳早休休！

（卜儿云）姐姐，怎生搭救引章孩儿？（正旦云）奶奶，我有两个压被的银子④，咱两个拿着买休去来。（卜儿云）他说来："则有打死的，无有买休卖休的。"（正旦寻思科，做与卜耳语科，云）则除是这般。（卜儿云）可是中也不中？（正旦云）不妨事，将书来我看。（卜递书科，正旦念云）"引章拜上姐姐并奶奶：当初不信好人之言，果有，恓惶之事。进得他门，便打我五十杀威棒。如今朝打暮骂，禁持不过。你来的早，还得见我；来得迟呵，不能够见我面了。只此拜上。"妹子也，当初谁教你做这事来！

（唱）

【幺篇】想当初有忧呵同共忧，有愁呵一处愁。他道是残生早晚丧荒丘，做了个游街野巷村务酒⑤；你道是百年之后，（云）妹子也，你不道来——"这个也大姐，那个也大姐，出了一包脓；不如嫁个张

---

① 嗲可可（shèn）：形容凄惨可怕。嗲，同瘆。

② 实丕丕（pī）：实实在在。亦作"实坏坏"。

③ 亚仙子母老实头：亚仙，李亚仙，指唐传奇中《李娃传》中的妓女李娃。这里是说宋引章如同李娃一样用情专一，心思单纯。

④ 压被的银子：即私房钱。

⑤ 他道是残生早晚丧荒丘，做了个游街野巷村务酒：这是周舍吓唬宋引章的话：你不嫁人，将来只能葬在荒丘，做个游魂，到处去讨酒吃。

郎妇，李郎妻，（唱）立一个妇名儿，做鬼也风流"？

（云）奶奶，那寄书的人去了不曾？（卜儿云）还不曾去哩。

（正旦云）我写一封书寄与引章去。（做写科，唱）

【后庭花】我将这知心书亲自修，教他把天机休泄漏。传示与休莽戆收心的女①，拜上你浑身疼的歹事头②。（带云）引章，我怎的劝你来？（唱）你好没来由，遭他毒手，无情的棍棒抽，赤津津鲜血流，逐朝家如暴囚，怕不将性命丢！况家乡隔郑州，有谁人相睬瞅，空这般出尽丑。

（卜儿哭科，云）我那女孩儿那里打熬得过！大姐，你可怎生的救他一救？（正旦云）奶奶，放心！（唱）

【柳叶儿】则教你怎生消受，我索合再做个机谋。把这云鬟蝉鬓妆梳就，（带云）还再穿上些锦绣衣服。（唱）珊瑚钩、芙蓉扣，扭捏的身子儿别样娇柔。

【双雁儿】我着这粉脸儿搭救你女骷髅，割舍的一不做二不休，拚了个由他咒也波咒。不是我说大口，怎出得我这烟月手③！

（卜儿云）姐姐，到那里仔细着。（哭科，云）孩儿，则被你烦恼杀了我也！（正旦唱）

【浪里来煞】你收拾了心上忧，你展放了眉间皱，我直着花叶不损觅归秋。那厮爱女娘的心，见的便似驴共狗，卖弄他玲珑剔透。（云）我到那里，三言两句，肯写休书，万事具休；若是不肯写休书，

———————————

① 传示与休莽戆（gàng）收心的女：指送信给宋引章，让她不要再犯傻，收起天真的心性。戆，即傻，笨、鲁莽。

② 歹事头：倒霉的人。

③ 烟月手：指妓女与嫖客周旋的烟月手段。

我将他掐一掐，拈一拈，搂一搂，抱一抱，着那厮通身酥、遍体麻。将他鼻凹儿①抹上一块砂糖，着那厮舔又舔不着，吃又吃不着。赚得那厮写了休书，引章将的休书来，淹的②撇了。我这里出了门儿，（唱）可不是一场风月，我着那汉一时休。（下）

---

① 鼻凹儿：指鼻翼两旁凹下去的地方。
② 淹的：忽地，一下子。

第三折

（周合同店小二上，诗云）万事分已定，浮生空自忙；无非花共酒，恼乱我心肠。店小二，我着你开着这个客店，我那里稀罕你那房钱养家；不问官妓私科子①，只等有好的来你客店里，你便来叫我。（小二云）我知道，只是你脚头乱，一时间那里寻你去？（周舍云）你来粉房②里寻我。（小二云）粉房里没有呵？（周舍云）赌房里来寻。（小二云）赌房里没有呵？（周舍云）牢房里来寻。（下）（丑扮小闲挑笼上，诗云）钉靴雨伞为活计，偷寒送暖作营生；不是闲人闲不得，及至得了闲时又闲不成。自家张小闲的便是。平生做不的买卖，只是与歌者姐姐每叫些人，两头往来，传消寄息都是我。这里有个大姐赵盼儿，着我收拾两箱子衣服行李，往郑州去。都收拾停当了，请姐姐上马。（正旦上，云）小闲，我这等打扮，可冲动③得那厮么？（小闲做倒科）（正旦云）你做甚么哩？（小闲云）休道冲动那厮，这一会儿连小闲也酥倒了。（正旦唱）

---

① 私科子：私娼，暗娼。
② 粉房：妓院。
③ 冲动：打动，吸引。

【正宫端正好】则为他满怀愁，心间闷，做的个进退无门。那婆娘家一涌性①，无思忖②，我可也强打入迷魂阵。

【滚绣球】我这里微微的把气喷，输个姓因③，怎不教那厮背槽抛粪④！更做道普天下无他这等郎君。想着容易情，忒献勤，几番家待要不问；第一来我则是可怜见无主娘亲，第二来是我惯曾为旅偏怜客，第三来也是我自己贪杯惜醉人⑤。到那里呵，也索费些精神。

（云）说话之间，早来到郑州地方了。小闲，接了马者。且在柳阴下歇一歇咱。（小闲云）我知道。

（正旦云）小闲，咱闲口论闲话：这好人家好举止，恶人家恶家法。（小闲云）姐姐，你说我听。（正旦唱）

【倘秀才】县君的则是县君，妓人的则是妓人。怕不扭捏着身子蓦入他门；怎禁他使数的到支分⑥，背地里暗忍。

【滚绣球】那好人家将粉扑儿浅淡匀，那里像咱干茨腊⑦手抢着粉；好人家将那篦梳儿慢慢地铺鬓，那里像咱解了那襻胸带⑧，下颏上勒一道深痕。好人家知个远近，觑个向顺，衡一味良人家风韵；那里像咱们，恰便似空房中锁定个猢狲。有那千般不实乔躯老⑨，有万

---

① 一涌性：一时冲动。
② 思忖（cǔn）：思考，揣度。
③ 输个姓因：拿自己的姓氏赌咒发誓，意即豁出去，用尽全力。
④ 背槽抛粪：指牲畜刚在槽内吃食，背过身来就拉屎。这里是骂周舍忘恩负义。
⑤ "第一来我则是可怜见无主娘亲"三句：这三句是赵盼儿对宋引章的同情。第一是可惜她没了主意的娘亲，第二第三都是说自己与宋引章同病相怜。
⑥ 怎禁他使数的到支分：怎么禁得起他的传唤和支配。
⑦ 干茨腊：干巴巴。
⑧ 襻（pàn）胸带：指古代妇女用来包裹头发的带子，一般要缠过下颏。
⑨ 乔躯老：当时俗语，意即坏模坏样。躯老，身体。

种虚嚣①歹议论，断不了风尘。

（小闲云）这里一个客店，姐姐好住下罢。（正旦云）叫店家来。

（店小二见科）（正旦云）小二哥，你打扫一间干净房儿，放下行李。你与我请将周舍来，说我在这里久等多时也。（小二云）我知道。（做行叫科，云）小哥在那里？（周舍上，云）店小二，有甚么事？（小二云）店里有个好女子请你哩。（周舍云）咱和你就去来。（做见科，云）是好一个科子也。（正旦云）周舍，你来了也。（唱）

【幺篇】俺那妹子儿有见闻，可有福分，抬举的个丈夫俊上添俊，年纪儿恰正青春。（周舍云）我那里曾见你来？我在客火②里，你弹着一架筝，我不与了你个褐色细段儿？（正旦云）小的，你可见来？（小闲云）不曾见他有甚么褐色细段儿。（周舍云）哦，早起杭州客火散了，赶到陕西客火里吃酒，我不与了大姐一分饭来？（正旦云）小的每，你可见来？（小闲云）我不曾见。（正旦唱）你则是忒现新，忒忘昏，更做道你眼钝。那唱词话的有两句留文："咱也曾武陵溪畔③曾相识，今日佯推不认人。"我为你断梦劳魂。

（周舍云）我想起来了，你敢是赵盼儿么？（正旦云）然也。（周舍云）你是赵盼儿，好，好！当初破亲也是你来。小二，关了店门，则打这小闲。（小闲云）你休要打我。俺姐姐将着锦绣

① 虚嚣：虚假，伪诈。
② 客火：客栈，旅店。
③ 武陵溪畔：用刘晨、阮肇进山采药遇到仙女，并与之结婚生活之事，此处指男女恋爱。

衣服，一房一卧来嫁你，你倒打我？（正旦云）周舍，你坐下，你听我说。你在南京时，人说你周舍名字，说的我耳满鼻满的，则是不曾见你。后得见你呵，害的我不茶不饭，只是思想着你。听的你娶了宋引章，教我如何不恼？周舍，我待嫁你，你却着我保亲！（唱）

【倘秀才】我当初倚大呵妆儇①主婚，怎知我嫉妒呵特故里破亲？你这厮外相儿通疏就里村！你今日结婚姻，咱就肯罢论。

（云）我好意将着车辆鞍马奁②房来寻你，你划地将我打骂？小闲，拦回车儿，咱家去来。（周舍云）早知姐姐来嫁我，我怎肯打舅舅？（正旦云）你真个不知道？你既不知，你休出店门，只守着我坐下。（周舍云）休说一两日，就是一两年，您儿也坐的将去。（外旦上，云）周舍两三日不家去，我寻到这店门首，我试看咱。原来是赵盼儿和周舍坐哩。兀那老弟子不识羞，直赶到这里来。周舍，你再不要来家，等你来时，我拿一把刀子，你拿一把刀子，和你一递一刀子戳哩。（下）（周舍取棍科，云）我和你抢生吃③哩！不是奶奶在这里，我打杀你。（正旦唱）

【脱布衫】我更是的不待饶人，我为甚不敢明闻；肋底下插柴自忍④，怎见你便打他一顿？

【小梁州】可不道一夜夫妻百夜恩，你可便息怒停嗔。他村时节

---

① 妆儇（xuān）：即装样子。

② 奁（lián）：女子梳妆用的精巧的小匣子。

③ 抢生吃：食物还没熟就抢着吃，意谓性急。这里是说反话，意思是我不和你性急。

④ 肋底下插柴自忍：又作"肋底下插柴自稳"，这里指有痛苦无法说出来，只能自己隐忍。

背地里使些村，对着我合思忖，那一个双同叔①打杀俏红裙？

【幺篇】则见他恶哏哏②，摸按着无情棍，便有火性的不似你个郎君。（云）你拿着偌粗的棍棒，倘或打杀他呵，可怎了？（周舍云）丈夫打杀老婆，不该偿命。（正旦云）这等说，谁敢嫁你？（背唱）我假意儿瞒，虚科儿喷③，着这厮有家难奔。妹子也，你试看咱风月救风尘。

（云）周舍，你好道儿④。你这里坐着，点的你媳妇来骂我这一场。小闲，拦回车儿，咱回去来。（周舍云）好奶奶，请坐。我不知道他来；我若知道他来，我就该死。（正旦云）你真个不曾使他来？这妮子不贤惠，打一棒快球子⑤。你舍的宋引章，我一发嫁你。（周舍云）我到家里就休了他。（背云）且慢着，那个妇人是我平日间打怕的，若与了一纸休书，那妇人就一道烟去了。这婆娘他若是不嫁我呵，可不弄的尖担两头脱？休的造次，把这婆娘摇撼的实着。（向旦云）奶奶，您孩儿肚肠是驴马的见识，我今家去把媳妇休了呵，奶奶，你把肉吊窗儿放下来⑥，可不嫁我，做的个尖担两头脱。奶奶，你说下个誓着。（正旦云）周舍，你真个要我赌咒？你若休了媳妇，我不嫁你呵，我着塘子里马踏杀，灯草打折臁儿骨⑦。你逼的我赌这般重咒哩！（周舍云）小

---

① 双同叔：即北宋书生双渐。

② 恶哏（gén）哏：即恶狠狠。

③ 虚科儿喷：即说假话、吹牛。

④ 好道儿：好诡计、好圈套。

⑤ 打一棒快球子：做事、说话干脆爽快。

⑥ 你把肉吊窗儿放下来：你把眼皮垂下来，即你闭着眼睛不理人。肉吊窗儿，指眼皮。

⑦ 臁（lián）儿骨：小腿两侧。

二，将酒来，（正旦云）休买酒，我车儿上有十瓶酒哩。（周舍云）还要买羊。（正旦云）休买羊，我车上有个熟羊哩。（周舍云）好、好、好，待我买红去。（正旦云）休买红，我箱子里有一对大红罗。周舍，你争甚么那？你的便是我的，我的就是你的。（唱）

【二煞】则这紧的到头终是紧，亲的原来只是亲。凭着我花朵儿身躯，笋条儿年纪，为这锦片儿前程，倒赔了几锭儿花银，拚着个十米九糠，问什么两妇三妻①。受了些万苦千辛，我着人头上气忍，不枉了一世做郎君。

【黄钟尾】你穷杀呵甘心守分捱贫困，你富呵休笑我饱暖生淫惹议论。您心中觑个意顺，但休了你门内人②，不要你钱财使半文，早是我走将来自上门。家业家私待你六亲，肥马轻裘待你一身，倒贴了奁房和你为眷姻③。（云）我若还嫁了你，我不比那宋引章，针指油面、刺绣铺房、大裁小剪都不晓得一些儿的。（唱）我将你写了的休书正了本④。（同下）

① 拚着个十米九糠，问什么两妇三妻：无论是吃米还是吃糠，也不问你是不是三妻两妾。
② 门内人：指家中的妻子。
③ 家业家私待你六亲，肥马轻裘待你一身，倒贴了奁房和你为眷姻：指女子以财物贴补所恋男子，供其使用。
④ 我将你写了的休书正了本：意思是你休了宋引章，我不会让你亏本的。

第四折

（外旦上，云）这些时周舍敢待来也。（周舍上，见科）（外旦云）周舍，你要吃甚么茶饭？（周舍做怒科，云）好也，将纸笔来，写与你一纸休书，你快走。（外旦接休书不走科，云）我有甚么不是，你休了我？（周舍云）你还在这里？你快走！（外旦云）你真个休了我？你当初要我时怎么样说来？你这负心汉，害天灾的！你要去，我偏不去。（周舍推出门科）（外旦云）我出的这门来。周舍，你好痴也！赵盼儿姐姐，你好强也！我将着这休书，直至店中寻姐姐去来。（下）（周舍云）这贱人去了，我到店中娶那妇人去。（做到店科，叫云）店小二，恰才来的那妇人在那里？（小二云）你刚出门，他也上马去了。（周舍云）倒着他道儿了。将马来，我赶将他去。（小二云）马揣驹了①。（周舍云）鞍骡子。（小二云）骡子漏蹄②。（周舍云）这等，我步行赶将他去。（小二云）我也赶他去。（同下）

（旦同外旦上）（外旦云）若不是姐姐，我怎能够出的这

---

① 马揣驹了：马怀了小马驹了。
② 骡子漏蹄：指骡子的蹄子疼痛，不能行走。

门也!

（正旦云）走，走，走!（唱）

【双调新水令】笑吟吟案板似写着休书，则俺这脱空①的故人何处？卖弄他能爱女、有权术，怎禁那得胜葫芦说到有九千句②。

（云）引章，你将那休书来与我看咱。（外旦付休书）（正旦换科，云）引章，你再要嫁人时，全凭这一张纸是个照证，你收好者!（外旦接科）（周舍赶上，喝云）贱人，那里去？宋引章，你是我的老婆，如何逃走？（外旦云）周舍，你与了我休书，赶出我来了。（周舍云）休书上手模印五个指头，那里四个指头的是休书？（外旦展看，周夺咬碎科）（外旦云）姐姐，周舍咬碎我的休书也。（旦上救科）（周舍云）你也是我的老婆。（正旦云）我怎么是你的老婆？（周舍云）你吃了我的酒来。（正旦云）我车上有十瓶好酒，怎么是你的？（周舍云）你可受我的羊来。（正旦云）我自有一只熟羊，怎么是你的？（周舍云）你受我的红定来。（正旦云）我自有大红罗，怎么是你的？（唱）

【乔牌儿】酒和羊，车上物；大红罗，自将去。你一心淫滥无是处，要将人白赖取。

（周舍云）你曾说过誓嫁我来。（正旦唱）

【庆东原】俺须是卖空虚，凭着那说来的言咒誓为活路。（带云）怕你不信呵。（唱）遍花街请到娼家女，那一个不对着明香宝烛，那

---

① 脱空：说谎，弄虚作假。
② 怎禁那得胜葫芦说到有九千句：这里是说周舍抵不过我赵盼儿胜过葫芦的这张厉害的嘴。

一个不指着皇天后土，那一个不赌着鬼戮①神诛？若信这咒盟言，早死的绝门户。

（云）引章妹子，你跟将他去。（外旦怕科，云）姐姐，跟了他去就是死。（正旦唱）

【落梅风】则为你无思虑、忒模糊，（周舍云）休书已毁了，你不跟我去待怎么？（外旦怕科）（正旦云）妹子，休慌莫怕！咬碎的是假休书。（唱）我特故抄与你个休书题目，我跟前见放着这亲模②。（周舍夺科）（正旦唱）便有九头牛也拽不出去。（周扯二旦科，云）明有王法，我和你告官去来。（同下）

（外扮孤引张千上，诗云）声名德化九重闻，良夜家家不闭门；雨后有人耕绿野，月明无犬吠花村。小官郑州守李公弼是也。今日升起早衙，断理些公事。张千，喝撺箱③。（张千云）理会的。（周舍同二旦、卜儿上）（周叫云）冤屈也！（孤云）告甚么事？（周舍云）大人可怜见，混赖我媳妇。（孤云）谁混赖你的媳妇？（周舍云）是赵盼儿设计混赖我媳妇宋引章。（孤云）那妇人怎么说？（正旦云）宋引章是有丈夫的，被周舍强占为妻，昨日又与了休书，怎么是小妇人混赖他的？（唱）

【雁儿落】这厮心狠毒，这厮家豪富，衡一味虚肚肠，不踏着实途路。

【得胜令】宋引章有亲夫，他强占作家属。淫乱心情歹，凶顽胆

---

① 戮（lù）：杀。
② 亲模：亲笔信。
③ 喝撺（cuān）箱：宋元时官衙前设有投状纸的箱子。

气粗，无徒①！到处里胡为做。现放着休书，望恩官明鉴取。

（安秀实上，云）适才赵盼儿使人来说："宋引章已有休书了，你快告官去，便好娶他。"这里是衙门首，不免高叫道：冤屈也！

（孤云）衙门外谁闹？拿过来！　（张千拿入科，云）告人当面。

（孤云）你告谁来？（安秀实云）我安秀实，聘下宋引章，被郑州周舍强夺为妻，乞大人做主咱。（孤云）谁是保亲？（安秀实云）是赵盼儿。（孤云）赵盼儿，你说宋引章原有丈夫，是谁？（正旦云）正是这安秀才。（唱）

【沽美酒】他幼年间便习儒，腹隐着九经书。他是俺共里同村一处居，接受了钗环财物，明是个良人妇。

（孤云）赵盼儿，我问你，这保亲的委是你么？（正旦云）是小妇人。（唱）

【太平令】现放着保亲的堪为凭据，怎当他抢亲的百计亏图②？那里是明婚正娶，公然的伤风败俗！今日个诉与太府做主，可怜见断他夫妻完聚。

（孤云）周舍，那宋引章明明有丈夫的，你怎生还赖是你的妻子？若不看你父亲面上，送你有司问罪。您一行人听我下断：周舍杖六十，与民一体③当差；宋引章仍归安秀才为妻；赵盼儿

---

① 无徒：无耻之徒。
② 亏图：谋害、陷害。
③ 一体：一起。

等宁家住坐①。（词云）只为老虔婆②爱贿贪钱，赵盼儿细说根源，呆周舍不安本业，安秀才夫妇团圆。（众叩谢科）（正旦唱）

【收尾】对恩官一一说缘故，分剖开贪夫怨女；面糊盆③再休说死生交，风月所重谐燕莺侣。

　　题目　安秀才花柳成花烛
　　正名　赵盼儿风月救风尘

---

① 宁家住坐：宁家即治家，这里是指回家好好过日子。
② 老虔婆：指妓院的鸨母，这里指宋引章的母亲李氏。
③ 面糊盆：指糊涂人。

望江亭中秋切鲙

导　读

　　该剧题目为"清安观邂逅说亲"，正名为"望江亭中秋切鲙"。现存息机子《古今杂剧选》本、顾曲斋《古杂剧》本、《元曲选》本。

　　《望江亭中秋切鲙》又名《望江亭》，是关汉卿另一部著名的轻喜剧，与《救风尘》齐名。作品成功塑造出谭记儿这一光彩照人的女性形象，为中国戏曲人物画廊留下了一张永不褪色的鲜活面容，至今仍为人们津津乐道。

　　剧中女主角谭记儿是学士李希颜的遗孀，膝下无儿无女，只有每日前往清安观与住持白姑姑攀话打发时光。如此一位闺阁名媛，本应谨守道德，不料，甫一上场，她却道："我想做妇人的没了丈夫，身无所主，好苦人也呵！"并唱曲子表明心迹："【仙吕点绛唇】我则为锦帐春阑，绣衾香散；深闺晚，粉谢脂残，到的这、日暮愁无限。"这一内心表白，看似无足轻重，却真实地表现出谭记儿对寡居处境的忧思，蕴含的是对未来人生的热切憧憬与深情企盼。所谓"香闺少女"，"都只爱朝云暮雨，那个肯凤只鸾单"、"怎守得三贞九烈，敢早着了钻懒帮闲"。这既是对闺情的深刻体认，又是内心想法的婉转表达，显得自然而真实。这样的开场白，闪耀着鲜亮的人性之光。谭记儿与白姑姑攀话时，白士中突然出现，使谭记儿大为意外，手足无措。

当她以为白士中将她看作任人攀折的墙花路柳，嗔怒顿生，声称要与白姑姑断交。此时的谭记儿既有着追求新生活的满腔热情，又无时无刻不在维护着自身作为女性的尊严。直至白士中袒露心迹，有了欲做"一心人"的承诺，谭记儿才相信白士中不是寻花问柳的轻薄之徒，并很快进入角色，称："既然相公要上任去，我和你拜辞了姑姑，便索长行也。"唱道："【赚煞尾】这行程则宜疾不宜晚。休想我着那别人绊翻，不用追求相趁赶，则他这等闲人，怎得见我容颜？姑姑也，你放心安，不索怎语话相关。收了缆，撅了桩，蹁跳板，挂起这秋风布帆，试看那碧云两岸，落可便轻舟已过万重山。"一段美好姻缘，似乎开始了它浪漫的旅程，然而事情却非一帆风顺。谭记儿的"颜色"，为她赢得了爱情，也为其招引了祸端。第二折伊始，杨衙内出场，这个垂涎谭记儿美色的奸佞小人，一心要"标了白士中首级"。刚刚找寻到幸福的谭记儿似乎又要身陷泥淖。当丈夫白士中面对即将到来的覆巢之灾一筹莫展、长吁短叹之时，得知事情原委的谭记儿却从容唱道：

【十二月】你道他是花花太岁，要强逼的我步步相随；我呵怕甚么天翻地覆，就顺着他雨约云期。这桩事，你只睁眼儿觑者，看怎生的发付他赖骨顽皮！

【尧民歌】呀，着那厮得便宜翻做了落便宜，着那厮满船空载月明归；你休得便乞留乞良撧跌自伤悲，你看我淡妆不用画蛾眉，今也波日我亲身到那里，看那厮有备应无备！

谭记儿这种面对强敌的冷静以及所表现出的无畏勇气，已经超出了社会对其性别的期许，引导着戏剧情节逐步走向高潮。这时白士中仍极力阻拦妻子只身赴险，谭记儿不为所动，唱道：

【煞尾】我着那厮磕着头见一番，恰便似神羊儿忙跪膝；直着他船横缆断在江心里，我可便智赚了金牌，着他去不得！

随后充满自信地离去。直到这时，白士中才半是安慰半是信服地说上一句："据着夫人机谋见识，休说一个杨衙内，便是十个杨衙内，也出不得我夫人之手。"当谭记儿用自己的泼辣与智慧、果敢与聪颖、勇气与机变出色化解了一场生死攸关的危局后，她不无自豪地调侃道：

【络丝娘】我且回身将杨衙内深深的拜谢，您娘向急飐飐船儿上去也，到家对儿夫尽分说那一场欢悦。

【收尾】从今不受人磨灭，稳情取好夫妻百年喜悦。俺这里，美滋滋在芙蓉帐笑春风；只他那，冷清清杨柳岸伴残月。

言辞间的鄙夷与笑谑，充分表现了她对凶残暴虐的压迫者的冷嘲热讽。

杨衙内是此剧中全力揭露和讽刺的一个形象。剧本第二折杨衙内上场后所念的定场诗，简直就是关汉卿《鲁斋郎》杂剧中恶霸鲁斋郎的翻版。二人都自称为"权豪势要"，鲁斋郎看中张珪和李四的妻子便直接抢夺，但尚未动手杀人。杨衙内作恶则更彻底，他看中谭记儿，"一心要她做个小夫人"，即干脆在皇帝面前讨得势剑金牌，赶去谭州"标了白士中首级"，其嚣张气焰怕是令鲁斋郎也望尘莫及。当然，杨衙内并不愚蠢。他带着势剑、金牌悄悄南来，为怕走漏风声，只带了张千和李稍两个亲随，连地方官也不让知晓，甚至连酒也不吃，可见其机警。然而，当假扮渔妇张二嫂的谭记儿出现在他面前，他立即色迷心窍，赞道："一个好妇人也！"于是马上破例，命亲随"抬过果桌来，我与小娘子饮三杯"。不仅如此，他还让李稍做媒，许给"张二嫂"第二个夫人做，在得到"允诺"后，和"张二嫂"又是作对，又是填词，直至将势剑借于"张二嫂"治三日鱼，金牌让"张二嫂"拿去打副戒指儿，文书也让"张二嫂"揣进袖里，而杨衙内却已不胜酒力，与亲随一道进入梦乡。当谭记儿带着势剑、金牌及文书飘然离去时，喜剧达到了高潮，杨衙内这个人物的塑造也因此获得了成功。

除了谭记儿和杨衙内以外，此剧中塑造得较为成功的角色还有白道姑。尽管她仅在第一折里出现，但作为次要角色，她同样富有个性。剧本写她身为四大皆空的道姑，却一直尘缘未断。寡居的谭记儿经常来她观中攀话，并提出了有心随她出家的要求，按照通常的逻辑，她应当予以鼓励才对。可她居然再三阻拦，且听她的论调："这出家，无过草衣木食，熬枯受淡，那白日也还闲可，到晚来独自一个，好生孤恓。"完全为饮食男女之辞。不仅如此，她还直接出面为侄儿白士中做媒，说出的语言同样令人瞠目结舌："你两个成就了一对夫妻，把我这座清安观权做高堂，有何不可？"其后这位道姑竟如同《窦娥冤》中的张驴儿一样，对谭记儿进行"官休""私休"式的"恶叉白赖"，终于做成了"筵席上的撮合山"，以致被嘲笑为"专医那枕冷衾寒"。

白士中在剧中一直处于陪衬地位。虽然他是实实在在的现任官员，治理潭州"一郡黎民，各安其业"，但仍不脱书生意气。清安观里认识谭记儿并与之结合，完全得力于其姑姑白道姑，自己是被动配合。当得知杨衙内前来取他首级并图谋霸占谭记儿时，他却一筹莫展。在与杨衙内的斗争中他也无法起到主导作用，甚至当被谭记儿完全击败的杨衙内站在他面前，谭记儿假扮的"杨二嫂"来状告其调戏民女时，他也没有采取任何果断措施，最后还是靠着巡抚湖南都御使李秉忠才定案，可见其懦弱程度。作者这样处理。除了表现当时汉人下级官员的受压状态外，更意在突出歌颂他心目中的巾帼英雄，避免喧宾夺主。这种处理手法，从艺术上看，也是恰当的。

王国维《宋元戏曲史》评价关汉卿"一空倚傍，自铸伟词，而其言曲尽人情，字字本色，故当为元人第一"。《望江亭》也表现了关汉卿戏剧语言力求本色的特色。它不避俚俗，将常言俗语、古典诗词等丰富的语言素材融为一体，真切自然，通俗易懂，生动地刻画了人物性格。善于将戏剧性、文学性和音乐性巧妙地结合在一起，力求作品的思想内容和艺术形式的吻合，正是关汉卿此剧出色之处。（孙向锋）

第一折

　　（旦儿扮白姑姑①上，云）贫道乃白姑姑是也，从幼年间便舍俗出家，在这清安观里，做着个住持。此处有一女人，乃是谭记儿，生的模样过人，不幸夫主亡逝已过，他在家中守寡，无男无女，逐朝每日到俺这观里来，与贫姑攀话②。贫姑有一个侄儿，是白士中，数年不见，音信皆无，也不知他得官也未，使我心中好生记念。今日无事，且闭上这门者。（正末扮白士中上，诗云）昨日金门去上书，今朝墨绶已悬鱼③；谁家美女颜如玉，彩球偏爱掷贫儒④。小官白士中，前往潭州为理⑤，路打清安观经过，观中有我的姑娘，是白姑姑，在此做住持。小官今日与白姑姑相见一面，便索赴任。来到门首，无人报复⑥，我自过去。（做见科，云）姑姑，您侄儿除授潭州为理，一径的来望姑姑。（姑姑云）

---

　　① 姑姑：对女道、女尼的称呼。

　　② 攀话：说话、聊天。

　　③ 墨绶（shòu）已悬鱼：指在朝为官。墨绶是古代官员结在印钮上的黑色丝带，悬鱼乃朝官所佩带的鱼符。

　　④ 彩球偏爱掷贫儒：封建社会时贵族小姐常用抛绣球的方式择婚，抛中的多是贫儒。而自己已经为官，却没有美满姻缘。

　　⑤ 为理：上任、赴任。

　　⑥ 报复：通报、回复。

白士中孩儿也，喜得美除①！我恰才道罢，孩儿果然来了也。孩儿，你媳妇儿好么？（白士中云）不瞒姑姑说，您媳妇儿亡逝已过了也！（姑姑云）侄儿，这里有个女人，乃是谭记儿，大有颜色②，逐朝每日在我这观里，与我攀话；等他来时，我圆成与你做个夫人，意下如何？（白士中云）姑姑，莫非不中么？（姑姑云）不妨事，都在我身上。你壁衣后头躲者，我咳嗽为号，你便出来。（白士中云）谨依来命。（下）（姑姑云）这早晚谭夫人敢待③来也。（正旦扮谭记儿上，云）妾身乃学士李希颜的夫人，姓谭，小字记儿。不幸夫主亡化过了三年光景，我寡居无事，每日只在清安观和白姑姑攀些闲话。我想，做妇人的没了丈夫，身无所主，好苦人也呵！（唱）

【仙吕点绛唇】我则为锦帐春阑，绣衾④香散，深闺晚，粉谢脂残，到的这、日暮愁无限。

【混江龙】我为甚一声长叹？玉容寂寞泪阑干⑤！则这花枝里外，竹影中间，气吁的片片飞花纷似雨，泪洒的珊珊翠竹染成斑。我想着香闺少女，但生的嫩色娇颜，都只爱朝云暮雨⑥，那个肯凤只鸾单？这愁烦恰便似海来深，可兀的无边岸！怎守得三贞九烈，敢早着了钻

---

① 美除：指被授以美官。
② 颜色：姿色。
③ 敢待：将要，就要。
④ 衾（qīn）：被子。
⑤ 玉容寂寞泪阑干：出自《长恨歌》："玉容寂寞泪阑干，梨花一枝春带雨。"描述杨玉环于仙山中思念唐玄宗的情景。
⑥ 朝云暮雨：指男女欢爱。出自宋玉《高唐赋》："妾在巫山之阳，高丘之阻，旦为朝云，暮为行雨。朝朝暮暮，阳台之下。"下文高唐指男女欢会的场所。

懒帮闲①。

（云）可早来到也。这观门首无人报复，我白过去。（做见姑姑科，云）姑姑，万福！（姑姑云）夫人，请坐。（正旦云）我每日定害②姑姑，多承雅意；妾身有心跟的姑姑出家，不知姑姑意下何如？（姑姑云）夫人，你那里出得家？这出家，无过草衣木食，熬枯受淡③，那白日也还闲可，到晚来独自一个，好生孤恓！夫人，只不如早早嫁一个丈夫去好。（正旦唱）

【村里迓鼓】怎如得您这出家儿清静，到大来一身散诞④。自从俺儿夫亡后，再没个相随相伴，俺也曾把世味亲尝，人情识破，怕甚么尘缘羁绊？俺如今罢扫了蛾眉，净洗了粉脸，卸下了云鬟；姑姑也，待甘心捱您这粗茶淡饭。

（姑姑云）夫人，你平日是享用惯的，且莫说别来，只那一顿素斋，怕你也熬不过哩。（正旦唱）

【元和令】则您那素斋食刚一餐，怎知我粗米饭也曾惯。俺从今把心猿意马紧牢拴，将繁华不挂眼。（姑姑云）夫人，您岂不知："雨里孤村雪里山，看时容易画时难；早知不入时人眼，多买胭脂画牡丹。"夫人，你怎生出的家来！（正旦唱）您道是"看时容易画时难"，俺怎生就住不的山，坐不的关，烧不的药，炼不的丹？

（姑姑云）夫人，放着你这一表人物，怕没有中意的丈夫，

———————

① 钻懒帮闲：指无聊闲扯，耍弄乖巧。
② 定害：打扰、麻烦。
③ 熬枯受淡：忍受清苦的生活。
④ 到大来一身散诞：到头来一身自由。

嫁一个去。只管说那出家做什么？这须了不的①你终身之事。

（正旦云）嗨！姑姑，这终身之事，我也曾想来：若有似俺男儿知重我的，便嫁他去也罢。（姑姑做咳嗽科，白士中见旦科，云）祗揖②！（正旦回礼科，云）姑姑，兀的不有人来，我索回去也。（姑姑云）夫人，你那里去？我正待与你做个媒人。只他便是你夫主，可不好那？（正旦云）姑姑，这是什么说话！（唱）

【上马娇】咱则是语话间有甚干，姑姑也，您便待做了筵席上撮合山③。（姑姑云）便与您做个撮合山，也不误了你。（正旦唱）怎把那隔墙花，强攀做连枝看？（做走介）（姑姑云）关了门者，我不放你出去。（正旦唱）把门关，将人来紧遮拦。

【胜葫芦】你却便引的人来心恶烦，可甚的④，撒手不为奸！你暗埋伏，隐藏着谁家汉？俺和你几年价来往，倾心儿契合，则今日索分颜⑤！

（姑姑云）你两个成就了一对夫妻，把我这座清安观权做高唐，有何不可？（正旦唱）

【幺篇】姑姑，你只待送下我高唐十二山，枉展污了你这七星坛⑥。（姑姑云）我成就了你锦片也似前程，美满恩情，有甚么不好处？（正旦唱）说甚么锦片前程真个罕。（姑姑云）夫人，你不要这等

---

① 了不的：解决不了。

② 祗揖（zhī yī）：作揖，指见面时向对方行礼。

③ 撮（cuō）合山：古代对媒人的代称，形容媒婆特别能撮合，就算是两座山也能把它们撮合到一起。

④ 可甚的：说什么。

⑤ 分颜：翻脸。

⑥ 七星坛：道教祭祀的台子，用以祭祀北斗七星。

85

妆幺做势，那个着你到我这观里来？（正旦唱）一会儿甜言热趱①，一会儿恶叉白赖②；姑姑也，只被你直着俺两下做人难！

（姑姑云）兀那君子，谁着你这里来？（白士中云）就是小娘子着我来。（正旦云）你倒将这言语赃诬我来，我至死也不顺随你！（姑姑云）你要官休也私休？（正旦云）怎生是官休？怎生是私休？（姑姑云）你要官休呵，我这里是个祝寿道院，你不守志，领着人来打搅我，告到官中，三推六问，枉打坏了你；若是私休，你又青春，他又年少，我与你做个撮合山媒人，成就了您两口儿，可不省事？（正旦云）姑姑，等我自寻思咱。（姑姑云）可知道来，"千求不如一吓"。（正旦云）好个出家的人，偏会放刁③！姑姑，他依的我一句话儿，我便随他去罢；若不依着我呵，我断然不肯随他。（白士中云）休道一句话儿，便一百句，我也依的。（正旦唱）

【后庭花】你着他休忘了容易间，则这十个字莫放闲，岂不闻："芳槿无终日，贞松耐岁寒。"姑姑也，非是我要拿班④，只怕他将咱轻慢；我、我、我，撺断的上了竿，你、你、你，掇梯儿着眼看⑤。他、他、他，把凤求凰暗里弹，我、我、我，背王孙去不还⑥；只愿他肯、肯、

---

① 甜言热趱（zǎn）：说话拉亲热，套近乎。

② 恶叉白赖：指耍无赖，无理取闹。

③ 放刁：耍无赖。

④ 拿班：拿架子，摆架子。

⑤ 撺（cuān）断的上了竿、掇（duō）梯儿着眼看：怂恿人爬上了竿子，然后撤掉梯子看人笑话。

⑥ 把凤求凰暗里弹、背王孙去不还：用司马相如与卓文君的爱情故事，司马相如借《凤求凰》曲向卓文君求爱，卓文君背着父亲卓王孙与其私奔。

肯做一心人，不转关，我和他，守、守、守，白头吟，非浪侃①。

（姑姑云）你两个久后休忘我做媒的这一片好心儿！（正旦唱）

【柳叶儿】姑姑也，你若提着这桩儿公案，则你那观名儿唤做"清安"！你道是蜂媒蝶使②从来惯，怕有人担疾患，到你行求丸散，你则与他这一服灵丹；姑姑也，你专医那枕冷衾寒！

（云）罢，罢，罢！我依着姑姑，成就了这门亲事罢。（姑姑云）白士中，这桩事亏了我么？（白士中云）你专医人那枕冷衾寒！亏了姑姑，您孩儿只今日就携着夫人同赴任所，另差人来相谢也。（正旦云）既然相公要上任去，我和你拜辞了姑姑，便索长行也。（姑姑云）白士中，你一路上小心在意者。您两口儿正是郎才女貌，天然配合，端不枉了也！（正旦唱）

【赚煞尾】这行程则宜疾不宜晚。休想我着那别人绊翻，不用追求相趁赶，则他这等闲人，怎得见我容颜？姑姑也，你放心安，不索恁语话相关③。收了缆，撅④了桩，踹跳板，挂起这秋风布帆，试看那碧云两岸，落可便⑤轻舟已过万重山。（同白士中下）

（姑姑云）谁想今日成合了我侄儿白士中这门亲事，我心中可煞喜也！（诗云）非是贫姑硬主张，为他年少守空房；观中怕惹风情事，故使机关配俊郎。（下）

---

① 一心人，不转关；白头吟，非浪侃：仍用司马相如与卓文君之事，司马相如做官之后要娶妾，卓文君作《白头吟》诗："愿得一心人，白头不相离。"后两人恩爱如初。浪侃，说假话，撒谎。

② 蜂媒蝶使：撮合男女双方，或传递书信。

③ 不索恁语话相关：这几句是谭记儿回应白姑姑的叮嘱，她会忠于白士中，不会对别人的追求动心。

④ 撅（juē）：掘起。

⑤ 落可便：便，就。落可无实义。

第二折

（净扮杨衙内引张千上，诗云）花花太岁为第一，浪子丧门世无对；普天无处不闻名，则我是权豪势宦杨衙内。某乃杨衙内是也。闻知有亡故了的李希颜夫人谭记儿，大有颜色，一心要他做个小夫人；颇奈①白士中无理，他在潭州为官，未经赴任，便去清安观中央道姑为媒，倒娶了谭记儿做夫人。常言道："恨小非君子，无毒不丈夫。"论这情理，教我如何容得他过？他妒我为冤，我妒他为仇。小官今日奏知圣人："有白士中贪花恋酒，不理公事。"奉圣人的命，差人去标了白士中首级；小官就顺着道："此事别人去不中，只除非小官亲自到潭州取白士中首级复命，方才万无一误。"圣人准奏，赐小官势剑金牌。张千，你分付李稍，驾起小舟，直到潭州，取白士中首级，走一遭去来。（诗云）一心要娶谭记儿，教人日夜费寻思。若还夺得成夫妇，这回方是运通时。（下）

（白士中上，云）自娶夫人后，欢会永团圆。小官白士中，自到任以来，只用清静无事为理，一郡黎民，各安其业，颇得众

---

① 颇奈：犹可恶，可恨。亦作"颇耐"。

心。单只一件，我这新娶谭夫人，当日有杨衙内要图他为妾，不期被我娶做夫人，同往任所。我这夫人十分美貌，不消说了；更兼聪明智慧，事事精通，端的是佳人领袖，美女班头，世上无双，人间罕比。闻知杨衙内至今怀恨我，我也恐怕他要来害我，每日悬悬在心。今早坐过衙门，别无勾当，且在这前厅上闲坐片时，休将那段愁怀，使我夫人知道。（院公上，诗云）心忙来路远，事急出家门；夜眠侵早起，又有不眠人。老汉是白士中家的一个老院公。我家主人，今在潭州为理，被杨衙内暗奏圣人，赐他势剑金牌，标取我家主人首级；俺老夫人得知，差我将着一封家书。先至潭州，报知这个消息，好预做准备。说话之间，可早来到潭州也。不必报复，我自过去。（见科）相公将息的好也！（白士中云）院公，你来做甚么？（院公云）奉老夫人的分付，着我将着这书来，送相公亲拆。（白士中云）有母亲的书呵，将来我看。（院公做递书科，云）书在此。（白士中看书科，云）书中之意，我知道了。嗨！果中此贼之计！院公，你吃饭去。（院公云）理会的。（下）（白士中云）谁想杨衙内为我娶了谭记儿，挟着仇恨，朦胧①奏过圣人，要标取我的首级。似此，如之奈何？兀的不闷杀我也！（正旦上，云）妾身谭记儿。自从相公履任以来，俺在这衙门后堂居住，相公每日坐罢早衙，便与妾身攀话；今日这早晚不见回来，我亲自望相公走一遭去波。（唱）

【中吕粉蝶儿】不听的报喏声齐，大古里②坐衙来恁时节不退；你

---

① 朦胧：模糊，含糊其词。
② 大古里：大概。

便要接新官，也合通报咱知；又无甚紧文书、忙公事，可着我心儿里不会①，转过这影壁偷窥，可怎生独自个死临侵地？

（云）我且不要过去，且再看咱。呀！相公手里拿着一张纸，低着头左看右看，我猜着了也！（唱）

【醉春风】常言道"人死不知心"，则他这海深也须见底。多管是②前妻将书至，知他娶了新妻，他心儿里悔、悔。你做的个弃旧怜新；他则是见咱有意，使这般巧谋奸计。

（做见科，云）相公！（白士中云）夫人，有甚么勾当，自到前厅上来？（正旦云）敢问相公：为甚么不回后堂中去？敢是你前夫人寄书来么？（白士中云）夫人，并无什么前夫人寄书来，我自有一桩儿摆不下的公事，以此纳闷。（正旦云）相公，不可瞒着妾身，你定有夫人在家，今日捎书来也。（白士中云）夫人不要多心，小官并不敢欺心也。（正旦唱）

【红绣鞋】把似③你则守着一家一计，谁着你收拾下两妇三妻？你常好是七八下里不伶俐④。堪相守留着相守，可别离与个别离，这公事合行的不在你！

（白士中云）我若无这些公事呵，与夫人白头相守，小官之心，惟天可表。（正旦云）我见相公手中将着一张纸，必然是家中寄来的书。相公休瞒妾身，我试猜这书中的意咱！（白士中云）夫人，你试猜波！（正旦唱）

---

① 不会：不理会。
② 多管是：大概是。
③ 把似：倒不如，何不。
④ 常好是：正是。不伶俐：不干净、不正当的关系。

【普天乐】弃旧的委实难，迎新的终容易；新的是半路里姻眷，旧的是绾角儿夫妻①。我虽是个妇女身，我虽是个裙钗辈，见别人眨眼抬头，我早先知来意。不是我卖弄所事精细，（带云）相公，你瞒妾身怎的？（唱）直等的恩断意绝，眉南面北②，恁时节水尽鹅飞③。

（白士中云）夫人，小官不是负心的人，那得还有前夫人来！

（正旦云）相公，你说也不说？（白士中云）夫人，我无前夫人，你着我说甚么？（正旦云）既然你不肯说，我只觅一个死处便了！（白士中云）住、住、住！夫人，你死了，那里发付④我那？我说则说，夫人休要烦恼。（正旦云）相公，你说，我不烦恼。（白士中云）夫人不知，当日杨衙内曾要图谋你为妾，不期我娶了你做夫人，他怀恨小官，在圣人前妄奏，说我贪花恋酒，不理公事；现今赐他势剑金牌，亲到潭州，要标取我的首级。这个是家中老院公，奉我老母之命，捎此书来，着我知会；我因此烦恼。（正旦云）原来为这般！相公，你怕他做甚么？（白士中云）夫人，休惹他，则他是花花太岁！（正旦唱）

【十二月】你道他是花花太岁，要强逼的我步步相随；我呵，怕甚么天翻地覆，就顺着他雨约云期⑤。这桩事，你只睁眼儿觑者，看怎生的发付他赖骨顽皮！

【尧民歌】呀。着那厮得便宜翻做了落便宜⑥，着那厮满船空载月

---

① 绾角儿（wǎn jué ér）：指青梅竹马的结发夫妻。"绾角儿"借指童年。
② 眉南面北：形容相处不和睦，彼此各不相见。
③ 水尽鹅飞：比喻一无所获。
④ 发付：处置。此句意谓，如果你死了，我该怎么办呢？
⑤ 雨约云期：云雨之约，指男女约定幽会的日期。
⑥ 落便宜：丢了便宜，没占到便宜。

明归；你休得便乞留乞良搥跌①自伤悲。你看我淡妆不用画蛾眉，今也波日我亲身到那里，看那厮有备应无备！

（白士中云）他那里必然做下准备，夫人，你断然去不得。（正旦云）相公，不妨事。（做耳喑科）则除是恁的。（白士中云）则怕反落他勾中②。夫人，还是不去的是。（正旦云）相公，不妨事。（唱）

【煞尾】我着那厮磕着头见一番，恰便似神羊儿忙跪膝③；直着他船横缆断在江心里，我可便智赚了金牌，着他去不得！（下）

（白士中云）夫人去了也。据着夫人机谋见识，休说一个杨衙内，便是十个杨衙内，也出不得我夫人之手。正是：眼观旌节旗，耳听好消息。（下）

---

① 乞留乞良：形容非常悲痛、凄凉。搥（chuí）跌：犹言捶胸顿足。

② 勾中：即彀中，圈套之意。

③ 似神羊儿忙跪膝：像祭神的羊被捆缚作屈膝跪立的样子，这里指跪地求饶。

第三折

（衙内领张千、李稍上。衙内云）小官杨衙内是也。颇奈白士中无理，量你到的那里！岂不知我要取谭记儿为妾，他就公然背了我，娶了谭记儿为妻，同临任所，此恨非浅！如今我亲身到潭州，标取白士中首级。你道别的人为甚么我不带他来？这一个是张千，这一个是李稍。这两个小的，聪明乖觉，都是我心腹之人，因此上则带的这两个人来。（张千去衙内鬓边做拿科）（衙内云）呕！你做什么？（张千云）相公鬓边一个虱子。（衙内云）这厮倒也说的是，我在这船只上个月期程，也不曾梳篦的头。我的儿好乖！（李稍去衙内鬓上做拿科）（衙内云）李稍，你也怎的？（李稍云）相公鬓上一个狗鳖①。（衙内云）你看这厮！（亲随、李稍同去衙内鬓上做拿科）（衙内云）弟子孩儿，直恁的般多！（李稍云）亲随，今日是八月十五日中秋节令，我每安排些酒果，与大人玩月，可不好？（张千云）你说的是。（张千同李稍做见科，云）大人，今日是八月十五日中秋节令，对着如此月色，孩儿每与大人把一杯酒赏月，何如？（衙内做怒科，云）口退！这

---

① 狗鳖（biē）：即"狗虱"，指狗身上的一种寄生虫。

个弟子孩儿，说什么话！我要来干公事，怎么教我吃酒？（张千云）大人，您孩儿每并无歹意，是孝顺的心肠。大人便食用，孩儿每一点不敢吃。（衙内云）亲随，你若吃酒呢？（张千云）我若吃一点酒呵，吃血①。（衙内云）正是，休要吃酒。李稍，你若吃酒呢？（李稍云）我若吃酒，害疔疮②。（衙内云）既是您两个不吃酒，也罢，也罢，我则饮三杯，安排酒果过来。（张千云）李稍，抬果桌过来。（李稍做抬果桌科，云）果桌在此，我执壶，你递酒。（张千云）我儿，酾满③着！（做递酒科，云）大人满饮一杯。（衙内做接酒科）（张千倒褪自饮科）（衙内云）亲随，你怎么白吃了？（张千云）大人，这个是摄毒的盏儿。这酒不是家里带来的酒，是买的酒，大人吃下去，若有好歹，药杀了大人，我可怎么了？（衙内云）说的是，你是我心腹人。（李稍做递酒科，云）你要吃酒，弄这等嘴儿；待我送酒，大人满饮一杯。（衙内接科）（李稍自饮科）（衙内云）你也怎的？（李稍云）大人，他吃的，我也吃的。（衙内云）你看这厮！我且慢慢的吃几杯。亲随，与我把别的民船都赶开者！（正旦拿鱼上，云）这里也无人。妾身白士中的夫人谭记儿是也。妆扮做个卖鱼的，见杨衙内去。好鱼也！这鱼在那江边游戏，趁浪寻食，却被我驾一孤舟，撒开网去，打出三尺锦鳞，还活活泼泼的乱跳，好鲜鱼也！（唱）

---

① 我若吃一点酒呵，吃血：意思是如果我吃一点酒，就像吃血的蚊子一样，不是人。
② 疔（dīng）疮：病名。
③ 酾（shī）满：斟满酒。酾，斟酒。

【越调斗鹌鹑】则这今晚开筵，正是中秋令节，只合低唱浅斟，莫待他花残月缺。见了的珍奇，不消的咱说，则这鱼鳞甲鲜滋味别。这鱼不宜那水煮油煎，则是那薄批细切①。

（云）我这一来，非容易也呵！（唱）

【紫花儿序】俺则待稍关打节②，怕有那惯施舍的经商不请言赊。则俺这篮中鱼尾，又不比案上罗列；活计全别，俺则是一撒网，一蓑衣，一箬笠。先图些打捏③，只问那肯买的哥哥照顾俺也些些。

（云）我缆住这船，上的岸来。（做见李稍，云）哥哥，万福！（李稍云）这个姐姐，我有些面善。（正旦云）你道我是谁？（李稍云）姐姐，你敢是张二嫂么？（正旦云）我便是张二嫂。你怎么不认的我了？你是谁？（李稍云）则我便是李阿鳌。（正旦云）你是李阿鳌？（正旦做打科，云）儿子，这些时吃得好了，我想你来。（李稍云）二嫂，你见我亲么？（正旦云）儿子，我见你，可不知亲哩。你如今过去，和相公说一声，着我过去切鲙，得些钱钞，养活娘也。（李稍云）我知道了。亲随，你来。（张千云）弟子孩儿，唤我做什么？（李稍云）有我个张二嫂，要与大人切鲙。（张千云）甚么张二嫂？（正旦见张千科，云）媳妇孝顺的心肠，将着一尾金色鲤鱼特来献新④，望与相公说一声咱。（张千云）也得，也得，我与你说去。得的钱钞，与我些买酒吃。你随着我来。（做见衙内科，云）大人，有个张二嫂，要与大人切

---

① 薄批细切：即宋元时的"切鲙"，指将生鱼肉等切成薄片而食。
② 稍关打节：打通关节。这里是指打消杨衙内的怀疑。
③ 打捏：微薄的收入。
④ 献新：献上最新鲜的产品。

鲙。（衙内云）甚么张二嫂？（正旦见科，云）相公，万福！（衙内做意科①，云）一个好妇人也！小娘子，你来做甚么！（正旦云）媳妇孝顺的心肠，将着这尾金色鲤鱼，一径的来献新；可将砧板、刀子来，我切鲙哩。（衙内云）难得小娘子如此般用意！怎敢着小娘子切鲙，俗了手②！李稍，拿了去，与我姜辣煎炸了来。（李稍云）大人，不要他切就村了③。（衙内云）多谢小娘子来意！抬过果桌来，我和小娘子饮三杯。将酒来，娘子满饮一杯。（张千做吃酒科）（衙内云）你怎的？（张千云）你请他，他又请你，你又不吃，他又不吃，可不这杯酒冷了？不如等亲随趁热吃了，倒也干净。（衙内云）啶④！靠后！将酒来！小娘子满饮此杯。（正旦云）相公请！（张千云）你吃便吃，不吃我又来也。（正旦做跪衙内科）（衙内扯正旦科，云）小娘子请起！我受了你的礼，就做不得夫妻了。（正旦云）媳妇来到这里，便受了礼，也做得夫妻。（张千同李稍拍桌科，云）妙，妙，妙！（衙内云）小娘子请坐。（正旦云）相公，你此一来何往？（衙内云）小官有公差事。（李稍云）二嫂，专为要杀白士中来。（衙内云）哇！你说什么！（正旦云）相公，若拿了白士中呵，也除了潭州一害。只是这州里怎么不见差人来迎接相公？（衙内云）小娘子，你却不知，我恐怕人知道，走了消息，故此不要他们迎接。（正旦唱）

【金蕉叶】相公，你若是报一声着人远接，怕不的船儿上有五十

---

① 做意科：指杨衙内做出垂涎三尺的样子。
② 俗了手：杨衙内说谭记儿这么漂亮的人不应该做切鱼这样低贱的俗事。
③ 村了：不好了。这里李稍是针对前面"俗了手"的话而言。
④ 啶（dìng）：语气词。

座筵歌摆设。你为公事来到这些，不知你怎生做兀的关节①？

（衙内云）小娘子，早是你来的早；若来的迟呵，小官歇息了也。（正旦唱）

【调笑令】若是贱妾晚来些，相公船儿上黑齁齁②的熟睡歇；则你那金牌势剑身傍列，见官人远离一射③，索用甚从人拦当者，俺只待拖狗皮的拷断他腰截。

（衙内云）李稍，我央及你，你替我做个落花媒人④。你和张二嫂说：大夫人不许他，许他做第二个夫人，包髻、团衫、绣手巾，都是他受用的。（李稍云）相公放心，都在我身上。（做见正旦科，云）二嫂，你有福也！相公说来，大夫人不许你，许你做第二个夫人，包髻、团衫、袖腿绷⑤……（正旦云）敢是绣手巾？（李稍云）正是绣手巾。（正旦云）我不信，等我自问相公去。（正旦见衙内科，云）相公，恰才李稍说的那话，可真个是相公说来？（衙内云）是小官说来。（正旦云）量媳妇有何才能，着相公如此般错爱也。（衙内云）多谢，多谢，小娘子就靠着小官坐一坐，可也无伤⑥。（正旦云）妾身不敢。（唱）

【鬼三台】不是我夸贞烈，世不曾、和个人儿热。我丑则丑，刁决古撒⑦；不由我见官人便心邪，我也立不的志节。官人，你救黎民，

---

① 关节：计谋。
② 黑齁（hōu）齁：鼾声。
③ 一射：指一箭的射程。
④ 落花媒人：现成的媒人。
⑤ 包髻、团衫、袖腿绷：这些都是小妾的穿戴饰物。
⑥ 无伤：无妨。
⑦ 刁决古撒：亦作"刁决古憋"，指性格古怪倔强。

为人须为彻；拿滥官，杀人须见血。我呵，只为你这眼去眉来，（正旦与衙内做意儿科①，唱）使不着我那冰清玉洁。

（衙内做喜科，云）勿、勿、勿②！（张千与李稍做喜科，云）勿、勿、勿！（衙内云）你两个怎的？（李稍云）大家要一要。（正旦唱）

【圣药王】珠冠儿怎戴者，霞帔儿③怎挂者，这三檐伞④怎向顶门遮？唤侍妾簇捧者；我从来打鱼船上扭的那身子儿别，替你稳坐七香车⑤。

（衙内云）小娘子，我出一对与你对，罗袖半翻鹦鹉盏⑥。

（正旦云）妾对：玉纤重整凤凰衾。（衙内拍桌科，云）妙、妙、妙！小娘子，你莫非识字么？（正旦云）妾身略识些撇竖点划。（衙内云）小娘子既然识字，小官再出一对：鸡头⑦个个难舒颈。（正旦云）妾对：龙眼团团不转睛。（张千同李稍拍桌科，云）妙、妙、妙！（正旦云）妾身难的遇着相公，乞赐珠玉。（衙内云）哦！你要我赠你什么词赋？有、有、有，李稍，将纸笔砚墨来。（李稍做拿砌末科⑧，云）相公，纸墨笔砚在此。（衙内云）我写就了也，词寄《西江月》。（正旦云）相公，表白⑨一遍

---

① 做意儿科：假意敷衍的样子。

② 勿、勿、勿：嬉笑之声。

③ 霞帔（pèi）儿：宋以来贵妇的命服。

④ 三檐伞：三道檐的阳伞。

⑤ 七香车：华美的车。这几句都是扮作渔妇的谭记儿模仿贵妇人的滑稽姿态。

⑥ 鹦鹉盏：用尖端像鹦鹉的海螺做的酒杯。

⑦ 鸡头：芡实，民间称"鸡头米"。

⑧ 砌末：指舞台道具和布景，也作"切末"。

⑨ 表白：念诵。

咱。（衙内做念科，云）夜月一天秋露，冷风万里江湖，好花须有美人扶，情意不堪会处。仙子初离月浦①，嫦娥忽下云衢②，小词仓卒对君书，付与你个知心人物。（正旦云）高才！高才！我也回奉相公一首，词寄《夜行船》。（衙内云）小娘子，你表白一遍咱。（正旦做念科，云）花底双双莺燕语，也胜他凤只鸾孤。一霎恩情，片时云雨，关连着宿缘前注。天保今生为眷属，但则愿似水如鱼。冷落江湖，团园人月，相连着夜行船去。（衙内云）妙、妙、妙！你的更胜似我的。小娘子，俺和你慢慢的再饮几杯。（正旦云）敢问相公，因甚么要杀白士中？（衙内云）小娘子，你休问他。（李稍云）张二嫂，俺相公有势剑在这里！（衙内云）休与他看。（正旦云）这个是势剑？衙内见爱媳妇，借与我拿去治三日鱼好那？（衙内云）便借与他。（张千云）还有金牌哩！（正旦云）这个是金牌？衙内见爱我，与我打戒指儿罢。再有什么？（李稍云）这个是文书。（正旦云）这个便是买卖的合同？（正旦做袖文书科，云）相公再饮一杯。（衙内云）酒够了也。小娘子休唱前篇，则唱幺篇③。（做醉科）（正旦云）冷落江湖，团园人月，相连着夜行船去。（亲随同李稍做睡科）（正旦云）这厮都睡着了也。（唱）

【秃厮儿】那厮也忒懵懂④，玉山低趄着鬼祟醉眼乜斜⑤，我将这

---

① 月浦：指月亮。浦，水边。

② 云衢（qú）：云中的道路。衢，四通八达的道路。

③ 幺篇：下篇，指词曲的后片。

④ 懵（měng）懂：糊涂。形容醉态。

⑤ 玉山低趄（qiè）着鬼祟醉眼乜（miē）斜：形容杨衙内的醉态。玉山，指身躯。低趄，斜靠着。乜斜，斜着眼睛看。

金牌虎符都袖褪①者；唤相公，早醒些，快迭！

【络丝娘】我且回身将杨衙内深深的拜谢，您娘向急飐飐②船儿上去也，到家对儿夫尽分说那一场欢悦。

（带云）惭愧，惭愧！（唱）

【收尾】从今不受人磨灭，稳情取③好夫妻百年喜悦。俺这里，美滋滋在芙蓉帐笑春风；只他那，冷清清杨柳岸伴残月。

（衙内云）张二嫂，张二嫂那里去了？（做失惊科，云）李稍，张二嫂怎么去了？看我的势剑金牌可在那里？（张千云）就不见了金牌，还有势剑共文书哩！（李稍云）连势剑文书都被他拿去了！（衙内云）似此怎了也！（李稍唱）

【马鞍儿】想着想着跌脚儿叫。（张千唱）想着想着我难熬。（衙内唱）酪子里④愁肠酪子里焦。（众合唱）又不敢着傍人知道；则把他这好香烧、好香烧，咒的他热肉儿跳！

（李稍云）黄昏无旅店，（亲随云）今夜宿谁家？（衙内云）这厮每扮南戏⑤那！（众同下）

---

① 袖褪（tùn）：藏到袖子里。
② 急飐（zhān）飐：像风一样迅急。
③ 稳情取：一定能够，稳稳取得。
④ 酪子里：暗中，暗地里。
⑤ 扮南戏：这里是指由配角合唱南戏。

第四折

（白士中领祗候上，云）小官白士中。因为杨衙内那厮妄奏圣人，要标取小官首级，且喜我夫人施一巧计，将他势剑金牌智赚了来。今日端坐衙门，看那厮将着甚的，好来奈何的我？左右，门首觑者，倘有人来，报复我知道。（衙内同张千、李稍上）（衙内云）小官杨衙内是也。如今取白士中的首级去。可早来到门首，我自过去。（做见白士中科，云）令人与我拿下白士中者！（张千做拿科）（白士中云）你凭着甚么符验①来拿我？（衙内云）我奉圣人的命，有势剑金牌，被盗失了，我有文书。（白士中云）有文书，也请来念与我听。（衙内做读文书科，云）词寄《西江月》……（白末做抢科，云）这个是淫词！（衙内云）这个不是，还别有哩。（衙内又做读文书科，云）词寄《夜行船》……（白末做抢科，云）这个也是淫词！（衙内云）这厮倒挟制我！不妨事，又无有原告，怕他做甚么？（正旦上，云）妾身白士中的夫人谭记儿。颇奈杨衙内这厮，好无理也呵！（唱）

【双调新水令】有这等倚权豪贪酒色滥官员，将俺个有儿夫的媳

---

① 符验：凭证、证件。

妇来欺骗。他只待强拆开我长挽挽①的连理枝，生摆断②我颤巍巍的并头莲；其实负屈衔冤，好将俺穷百姓可怜见！

（正旦做见跪科，云）大人可怜见！有杨衙内在半江心里欺骗我来！告大人，与我做主。（白士中云）司房里责口词去③。（正旦云）理会的。（下）（白士中云）杨衙内，你可见来？有人告你哩！你如今怎么说？（衙内云）可怎么了？我则索央及他。相公，我自有说的话。（白士中云）你有甚么话说？（衙内云）相公，如今你的罪过我也饶了你，你也饶过我罢。则一件，说你有个好夫人，请出来我见一面。（白士中云）也罢，也罢，左右，击云板，后堂请夫人出来。（左右云）夫人，相公有请。（正旦改妆上，云）妾身白士中的夫人。如今过去，看那厮可认的我来？（唱）

【沉醉东风】杨衙内官高势显，昨夜个说地谈天，只道他仗金牌将夫婿诛，恰元来击云板请夫人见。只听的叫吁吁嚷成一片，抵多少笙歌引至画堂前。看他可认的我有些面善？

（与衙内见科，云）衙内，恕生面，少拜识。（唱）

【雁儿落】只他那身常在柳陌眠，脚不离花街串④，几年闻姓名，今日逢颜面。

【得胜令】呀，请你个杨衙内少埋怨。（衙内云）这一位夫人好面熟也。（李稍云）兀的不是张二嫂？（衙内云）嗨！夫人，你使的好见

---

① 长挽挽：形容极为绵长的样子。
② 摆断：即瓣断。
③ 司房里责口词去：司房即衙门中的刑房。口词，口供。
④ 柳陌、花街：均指烟花之地。

识，直被你瞒过小官也！（正旦唱）唬的他半晌只茫然：又无那八棒十枷罪，止不过三交两句言①。这一只鱼船，只费得半夜工夫缠，俺两口儿今年，做一个中秋人月圆。（外扮李秉忠冲上，云）紧骤青骢马②，星火赴潭州。小官乃巡抚湖南都御史李秉忠是也。因为杨衙内妄奏不实，奉圣人的命，着小官暗行体访③，但得真情，先自勘问，然后具表申奏。来到此间，正是潭州衙舍。白士中，杨衙内，您这桩事，小官尽知了也。（正旦唱）

【锦上花】不甫能④择的英贤，配成姻眷；没来由遇着无徒，使尽威权。我只得亲上渔船，把机关暗展；若不沙⑤，那势剑金牌，如何得免？

【幺篇】呀，只除非天见怜；奈天、天又远。今日个幸对清官，明镜高悬。似他这强夺人妻，公违律典，既然是体察端的⑥，怎生发遣？

（李秉忠云）一行人俱望阙⑦跪者，听我下断。（词云）杨衙内倚势挟权，害良民罪已多年；又兴心夺人妻妾，敢安奏圣主之前。谭记儿天生智慧，赚金牌亲上渔船。奉敕书差咱体访，为人间理枉伸冤。将衙内问成杂犯，杖八十削职归田。白士中照旧供职，赐夫妻偕老团圆。（白士中夫妻谢恩科）（正旦唱）

---

① 又无那八棒十枷罪，止不过三交两句言：也没有犯什么要处罚的事，只不过交谈了几句话而已。

② 紧骤青骢（cōng）马：指策马疾驰。青骢马，青白杂色的马。

③ 暗行体访：指暗中亲自调查。

④ 不甫能：才能够，好不容易。

⑤ 若不沙：如果不能成功的话。沙，语气词，用在句尾，表"啊""呀"。

⑥ 端的：始末，底细。

⑦ 望阙（què）：望着皇帝的方位。阙，皇帝的宫阙。

【清江引】虽然道今世里的夫妻夙世①的缘，毕竟是谁方便，从此无别离，百事长如愿；这多谢你个赛龙图②恩不浅！

　　　题目　清安观邂逅说亲
　　　正名　望江亭中秋切鲙

---

① 夙世：前世。
② 龙图：指包拯，因其曾任龙图阁直学士，故称包龙图。

104

闺怨佳人拜月亭

导　读

《拜月亭》原本已佚，现存版本有明世德堂刻本。

这出戏文根据关汉卿杂剧《闺怨佳人拜月亭》改编而成，讲述了王瑞兰与蒋世隆悲欢离合的爱情故事。

金代末年，中都路人蒋世隆因居父丧，未赴科举，与妹蒋瑞莲相依为命。时番兵南侵，金帝从奸佞聂贾列之计欲迁都汴梁。大将陀满海牙反对迁都，主张抗敌，金帝不纳忠言反将其满门抄斩。陀满海牙之子陀满兴福，年少勇武，只身逃走，为摆脱官兵的追捕，越墙误入蒋世隆院中，蒋世隆知是忠良之后，与其结为弟兄，放其出走。

不久北方蒙古军队侵犯金朝，番兵杀进中都，金帝迁都汴梁，众百姓纷纷逃亡。世隆、瑞莲也随着难民逃往南方。时兵部尚书王镇出使蒙古探查军情，告别妻女登程前往。其夫人与女儿王瑞兰在家中无人照应，只好杂在难民中一起逃奔。兵荒马乱之中，王夫人与瑞兰走散，蒋世隆与蒋瑞莲也被乱军冲散。

蒋世隆寻妹心切，却与王瑞兰邂逅，遂结伴前行。在逃难途中，瑞莲与王镇夫人相遇，王夫人收她为义女，二人相偕而行。蒋世隆、王瑞兰行至虎头山下，为山寇所俘，孰料寨主却是陀满兴福，陀满兴福赠与他们盘缠，两人不久抵达广阳镇。因二人结伴而行相处日久，互相产生了爱慕之情，后行至一旅店，店主人做媒，两人结为夫妇。不料世隆路途劳顿，染病在身。瑞兰请来医生，细心调护。此时，王镇出使蒙古欲返汴京，也来客店投宿。当得知女儿与世隆已结为夫妻，王镇大怒，不顾世隆重病在身，逼女儿撇下世隆随自己回去。临别前，世隆与瑞兰立下盟誓，决不重婚再嫁。

而王夫人与蒋瑞莲冒雪行至孟津驿暂住，恰王镇携女至此，王镇夜半闻女子啼哭，方知夫人在此，他认蒋瑞莲为义女，一家同往汴梁。回到家里，瑞兰日夜思念世隆。月夜，瑞兰在花园中摆设香案，拜月祈祷，祈求能与世隆早日团圆。不料被在旁偷听的瑞莲听见，她只得道出真情，瑞莲方知瑞兰已与哥哥结为夫妻，两人遂更加亲密。

陀满兴福闻知蒋世隆困在酒店，前来探望，并劝其同去汴梁赶考。世隆得中文状元，兴福则中武状元。王镇奉旨为瑞兰与瑞莲招亲，遣官媒去文武状元处递丝鞭。世隆不知对方是瑞兰，便信守盟誓，坚决拒绝。瑞兰也誓死不从。王镇便把世隆、兴福请到府中，在宴席上，世隆与瑞兰相见，于是夫妻兄妹团聚。

全剧巧妙地利用误会、巧合等手段，将整个故事讲述得真实生动、精彩纷呈，有着极佳的舞台效果。剧作采用了王家、蒋家、陀满家三条线索并行的方式。随着剧情的推进，又发展为以瑞兰世隆、瑞莲夫人为主线相互并行，兴福和王尚书为次线时隐时现的四条线索，"抱恙离鸾"后则变为王氏一家和世隆兄弟两线，到"洛珠双合"，剧中所有线索和矛盾扭结消融。该剧情节结构庞大而繁复曲折，可以进行细腻的情感、心理刻画，可以容纳和塑造众多鲜明的人物形象。魏良辅《曲律》中说《琵琶》"出于《拜月亭》之后"，南戏初兴时的艺术容量和结构技巧就达到这样的高度，不能不令人惊叹。同关汉卿的杂剧《拜月亭》比较，我们更容易看到本剧的优点，它吸收了杂剧《拜月亭》的情节和曲辞上的长处，但情节结构上要比关剧更为繁复曲折，故事更加细腻旖旎，展现的人物性格和社会生活也更加多样广阔。

瑞兰这个人物塑造得最为感人。剧作细腻地刻画了她既向往爱情，但处处摆脱不了贵族小姐身份、教养的束缚心理，但一旦与世隆结为夫妇，她能誓死忠于自己的爱人。瑞兰有胆有识、忠于爱情等优秀品质，给人留下了深刻的印象。作品对她的刻画以婚前婚后为界可分两个部分：第一部分写她出身贵族之家，以千金娇养之躯，被抛入战乱的漩涡，却能随俗权变，先是向素不相识的书生提出同行要求，并不惜以夫妻相称；又在极为特殊的环境中，经过激烈的思想斗争，终于突破礼教的束缚，大胆与穷书生结为连理。"世隆成亲"一出，十分生动地描绘了瑞兰克服心理束缚、终于跨越礼教禁区的心理变化过程。蒋世隆重提"做夫妻相呼厮唤，怎生恁消？"央其成就姻缘时，她再三推辞说"侍枕之私，敢惜微眇。怕仁人厚德，娶而不告，朋友相嘲"，但在世隆的再三催促和店家二老的热心说合下，她终于同意与世隆结合。由本来就不很坚固的心理防范，到看似被迫却又并不违心的妥协，瑞兰的这一心理变化过程，十分真实生动，符合一位陷入爱情中的贵族小姐的心理变化逻辑。这种写法，比一见钟情的才子佳人式婚姻俗套要高明得多。第二部分写世隆病倒，她放下千金小姐的架子，忙前忙后，无微不至地照顾丈夫，被父亲强行带走后，仍无时不怀念心上人，"幽阁拜月"即详细地刻画了这种心理，后来父亲逼她再嫁，她谴责父亲"把鸳鸯拆散两处"，坚持"一弓一箭誓无他志"，并准备以死相拼，表现出对于爱情的忠贞，这与官僚家庭所代表的门第观念形成了极大的反差。

剧作其他人物的刻画也较为成功，如蒋世隆的既热心助人又惑于女色，王镇的忠君爱国又骄傲横蛮、兴福的知恩图报等，均给读者留下较深形象。

本剧的语言质朴自然，平易本色，一直受到曲论家的赞誉。明人陵延喜为该剧作跋说："《拜月亭》一记，属元词四大家之一。王元美先生訾其有三前不见古人，然词林家至今脍炙之，何也？盖其度曲不以骈丽为工，而朴真蕴古，动合本色，与中原紫气之习判不相入，非近日作手所能振腕者。"此话颇为中肯。明代曲论家何良俊更将此剧置于《琵琶记》之上，谓："《拜月亭》是元人施君美所撰……余谓其高出于《琵琶记》远甚。盖其才藻虽不及高，然终是当行……彼此问答，皆不须宾白，而叙说情事，宛转详尽，全不费词，可谓妙绝。""瑞兰逃军"一出，有"那一点雨间着一行恓惶泪，一阵风对着一声声愁和气"，"绣鞋儿，分不得帮和底，一步步提，百忙里褪了跟儿"等曲文，都明白如话，却又真实描摹出环境的恶劣、人物的恓惶，显然是来自生活之中、有着亲身体验的文字。第十九出"生遇瑞兰"刻画了男女主人公颇富喜剧性的相识。瑞兰两次"怕问时"的吞吞吐吐，世隆不自觉地紧紧追问，尤其细腻传神，刻画出王瑞兰的矜持、聪明和无奈，符合她大家闺秀的情致、教养和身份。与瑞兰的矜持比起来，第二十出"莲遇夫人"，则重点突出了瑞莲的乖觉伶俐。而短短数曲间，就把两个年龄、相貌都很接近的美丽姑娘各自的生长环境、气质性格都神情毕肖地刻画出来了。故而沈德符认为，"至于走雨、错认、拜月诸折，俱问答往来，不用宾白，故为高手"。

"瑞兰拜月"是该剧最受后人称道的一出。这一出充分运用了误会的手法，王瑞兰不知自己的干妹是丈夫的亲妹，蒋瑞莲则不知姐姐上香祝愿的男儿恰是自己的兄长。当瑞兰唱出"只愿得抛闪下男儿疾较些，得再睹同欢同悦"时，躲在一旁的瑞莲出来责其"春心动也"，瑞兰只好将途遇世隆，与其结为夫妻之事道出，瑞莲闻得世隆之名，泪流满面，引来瑞兰怀疑："莫非我的男儿，你是他旧妻妾？"等到双方大悟，一切疑问解开后，彼此的关系更是密切，但一种悲切的气氛立刻笼罩舞台。作者巧妙地把喜剧和悲剧的氛围密切地交织在一起，既写出时代的不幸，又写出乱世中人情的温暖；既批判了王尚书无情无义的行为，又歌颂了青年女子追求婚姻自主的美好感情。（陈建华）

楔　子

（孤、夫人上，云了①）（打唤②了）（正旦扮引梅香上了）（见孤科）（孤云了）（情理打别科）（把盏科）父亲年纪高大，鞍马上小心咱。（孤云了）（做掩泪科）

【仙吕赏花时】卷地狂风吹塞沙，映日疏林啼暮鸦。满满的捧流霞③，相留得半霎，咫尺④隔天涯。

【幺】行色一鞭催瘦马。（孤云了）你直待白骨中原如卧麻。虽是这战伐，负着个天摧地塌，是必想着俺子母每早来家。（下）

（孤、夫人云了）

---

① 云了：即说完了。"了"常表示一段宾白或一个动作结束。
② 打唤：这是孤唤正旦出来的动作。
③ 流霞：这里泛指美酒。
④ 咫（zhǐ）尺：形容距离极近。

第一折

（末，小旦云了）（打救外了①）（正旦共夫人相逐慌走上了）（夫人云了）怎想有这场祸事！（做住了）

【仙吕点绛唇】锦绣华夷，忽从西北天兵起。觑那关口城池，马到处成平地。

【混江龙】许来大②中都③城内，各家烦恼各家知。且说君臣分散，想俺父子别离。遥想着尊父东行何日还？又随着车驾④、车驾南迁甚日回？（夫人云了，做嗟叹科）这青湛湛⑤碧悠悠天也知人意，早是秋风飒飒，可更暮雨凄凄。

【油葫芦】分明是风雨催人辞故国，行一步一叹息，两行愁泪脸边垂，一点雨间一行恓惶泪，一阵风对一声长吁气。（做滑倒科）口应！百忙里一步一撒；嗨！索与他一步一提。这一对绣鞋儿分不得帮和底，稠紧紧粘软软带着淤泥。

---

① 这里是写末扮演的蒋世隆与小旦扮演的妹妹瑞莲上场，搭救外末所扮的陀满兴福的情节。

② 许来大：这样大，如此大。

③ 中都：指金国都城燕京，今北京。

④ 车驾：指皇帝的车驾，这里代指皇帝。

⑤ 青湛（zhàn）湛：形容天非常清明澄澈。

【天下乐】阿者①，你这般没乱慌张到得哪里？（夫人云了）（做意了）兀的般云低天欲黑，至近的道店十数里；上面风雨，下面泥水。阿者，慢慢的枉步②显的你没气力。（夫人云了）（对夫人云了）

【醉扶归】阿者，我都折毁尽些新镮镄③，关扭碎些旧钗篦，把两付藤缠儿轻轻得按的褊秕④。和我那压钏通三对，都绷在我那睡裹肚薄绵套里，我紧紧的着身系。

（夫人云了）（哨马⑤上叫住了）（夫人云了）（做惨科）（夫人云了，闪下）（小旦上了）（便自上了）（做寻夫人科）阿者！阿者！（做叫两三科）（没乱科⑥）（末云了）（猛见末打惨害羞科⑦）（末云了）（做住了）不见俺母亲，我这里寻哩！（末云了）（做意）（旦云）呵！我每常⑧几曾和个男儿一处说话来！今日到这里无奈处也，怎生呵是哪？

【后庭花】每常我听得绰的⑨说个女婿，我早豁地离了坐位，悄地低了咽颈，缅地红了面皮。如今索强支持，如何回避，藉不的⑩那羞共耻。

（末云了）（做陪笑科）

---

① 阿者：母亲，这是女真语。
② 枉步：徒然举步，指行走艰难。
③ 镮镄（huán huì）：指金银佩饰。下文"钗篦""藤缠儿"都是妇女的各种首饰、装饰品。
④ 褊秕（biǎn bǐ）：扁平。
⑤ 哨马：巡逻的骑兵。
⑥ 没乱科：作出慌乱的动作。
⑦ 打惨害羞科：做出害羞的动作，与前"打惨科"同。
⑧ 每常：往常。
⑨ 绰的（chuò dí）：忽然，一下子。下文"豁地"意同。
⑩ 藉不的：顾不得。

【金盏儿】您昆仲①各东西，俺子母两分离，怕哥哥不嫌相辱呵权为个妹。(末云了)(寻思了)哥哥道：做军中男女若相随，有儿夫的不掳掠，无家长的落便宜。(做意了)这般者波，怕不问时权做弟兄，问着后道做夫妻。

(末云了)(随着末行科)(外云了)(打惨科)(随末见外科)(外末共正末厮认住了②)(做住了)(云)怎生这秀才却共这汉是弟兄来？(做住了)

【醉扶归】你道您祖上亲文墨，昆仲晓书集，从上流传直到你，辈辈儿都及第，您端的是姑舅也那叔伯也那两姨，偏怎生养下这个贼兄弟？

(外末云了)(末云了)哥哥，你有此心，莫不错寻思了末？

【金盏儿】你心里把褐衲袄③脊梁上披，强似着紫朝衣④，论盆家饮酒压着诗词会⑤。嫌这攀蟾折桂做官迟，为那笔尖上发禄晚，见这刀刃上变钱疾。你也待风高学放火，月黑做强贼。

(正末云了)(外末做住了)本不甚吃酒了。(正末云了)你休吃酒也，恐酒后疏狂。(末云了)

【赚尾】然是弟兄心，殷勤意，本酒量窄推辞少吃，乐意开怀虽恁地，也省可里不记东西。(做扶着末科)(做寻思科)阿！我自思

① 昆仲：兄弟。昆古义为哥哥，仲则是弟弟。
② 外末共正末厮认住了：这里指已成为山寨头领的陀满兴福与蒋世隆重逢。
③ 褐衲（hè nà）袄：指一种斜襟的夹袄或棉袄，这里指强盗穿的粗布袄。
④ 朝衣：指大臣上朝时穿的衣服。
⑤ 论盆家饮酒压着诗词会：绿林中人用盆来喝酒，与文人的诗词会形成对比。

忆，想我那从①你的行为，被这地乱天翻交我做不的伶俐②；假装些厮收厮拾③，佯做个一家一计，且着这脱身术瞒过这打家贼④。（下）

---

① 从：跟随，跟从。
② 交：即教，让。做不的伶俐：没有好的名声。伶俐，干净的好名声。
③ 厮收厮拾：收拾。厮，助词，无义。
④ 打家贼：即打家劫舍的盗贼。

第二折

（夫人、小旦云了①）（孤云了）（店家云了）（正旦便扮②扶末上了）（末卧地做住了）阿，从生来谁曾受他这般烦恼！（做叹科）

【南吕一枝花】干戈动地来，横祸事从天降，爷娘三不归③，家国一时亡。龙斗来鱼伤，情愿受消疏况④，怎生般不应当，脱着衣裳，感得这些天行好缠仗⑤。

【梁州】恰似悒悒的锥挑太阳⑥，忽忽的火燎胸膛，身沉体重难回项⑦，口干舌涩，声重言狂。可又别无使数⑧，难请街坊，则我独自一个婆娘，与他无明夜过药煎汤。阿！早是俺两口儿背井离乡，嘘！则

---

① 夫人、小旦云了：这里是写王瑞兰之母与蒋世隆之妹蒋瑞莲相遇的情形。
② 便扮：作便装打扮。
③ 三不归：无着落；没办法。
④ 消疏况：消疏，也作"萧疏"，形容凄凉、冷落的境地。
⑤ 天行：流行疾病。缠仗：纠缠。
⑥ 悒悒（yì yì）的锥挑太阳：病恹恹的，头痛得像锥子在戳太阳穴。
⑦ 回项：转头。项，脖子。
⑧ 使数：使唤的人，指仆人。

快他一路上荡风打浪①，嗨！谁想他百忙里卧枕着床。内伤、外伤，怕不大倾心吐胆尽筋竭力把个牙推②请；则怕小处尽是打当③。只愿的依本份伤家没变症④，慢慢的传受阴阳⑤。

（末云了）（店家云了）（做寻思科）试请那大夫来，交觑咱⑥。（大夫上，云了）（做意了）郎中，仔细的评这脉咱。（末共大夫云了）（做称许科）

【牧羊关】这大夫好调理，的⑦是诊候的强。这的十中九⑧敢药病相当。阿的⑨是五夜其高⑩，六日向上，解利⑪呵过了时晌，下过呵正是时光。不用那百解通神散⑫，教吃这三一承气汤。

（大夫裹药了）（做送出来了）但较些⑬呵，郎中行别有酬劳。

（孤上，云了）是不沙⑭？（做叫老孤的科）阿马⑮认得瑞兰

---

① 快（yàng）他一路上荡风打浪：难为他一路上经受风雨，遭遇险恶。快（yàng），勉强。

② 牙推：医生。

③ 则怕小处尽是打当：又担心小地方都是些江湖医生。小处，小地方。打当，指江湖上卖草药兼行医的人。

④ 伤家没变症：伤者的病情没有恶化。

⑤ 传受阴阳：指阴阳转化，病情好转。

⑥ 交觑（qù）咱：教他来看看。交，即"教"。

⑦ 的：确实。

⑧ 十中九：十分之九。

⑨ 阿的：这个，同"兀的"。

⑩ 其高：以上。下文"向上"同义。

⑪ 解利：泻痢。解，即"泻"。

⑫ 百解通神散：中药名，下文"三一承气汤"同。

⑬ 但较些：只要病情好转些。但，只、仅。

⑭ 是不沙：是不是啊。沙，啊，语气词。

⑮ 阿马：父亲，这是女真语。

末？（孤云了）

【贺新郎】自从都下对尊堂，走马离朝，阿马间别无恙？（孤认了）则恁的犹自常思想①，可更随车驾南迁汴梁，教俺去住无门，徊徨，家缘都撇漾②，人口尽逃亡，闪的俺一双子母每无归向。自从身体上一朝出帝辇③，俺这梦魂无夜不辽阳！

（孤云了）（做打悲科）车驾起行了，倾城的百姓都走。俺随那众老小每出的中都城子来，当日天色又昏暗，刮着大风，下着大雨，早是赶不上大队，又被哨马赶上，轰散俺子母两人，不知阿者哪里去了。（末云了）（做着忙的科）（孤云了）（做害羞科）是您女婿，不快④哩。（孤云了）（做说关子⑤了）（孤云了）（做羞科）

【牧羊关】您孩儿无挨靠，没倚仗，深得他本人将傍。（孤云了）（做意了）当日目下有身亡，眼前是杀场，刀剑明晃晃，士马闹荒荒，那其间这锦绣红妆女，哪里觅个银鞍白面郎。

（孤云了）是个秀才。（孤交外扯住了）（做慌打惨打悲的科）阿马，你可怎生便与这般狠心！（做没乱意了）

【斗虾蟆】爹爹，俺便似遭严腊，久盼望，久盼望你个东皇⑥，望得些春光艳阳，东风和畅；好也罗，划地冻剥剥的雪上加霜！（末云了）（没乱科）无些情肠，紧揪住不把我衣裳放。见个人残生丧一命

---

① 思想：思念、想念。

② 撇漾（piě yàng）：抛弃，丢开。

③ 帝辇（niǎn）：帝都，京城。

④ 不快：身体有恙，生病。

⑤ 说关子：讲述事情经过，帮蒋世隆说情。

⑥ 东皇：古代传说中的神祇，乃司春之神。

亡，世人也惭惶；你不肯哀怜悯恤，我怎不感叹悲伤！

（孤云了）父亲息怒，宽容瑞兰一步；分付他本人三两句言语呵，咱便行波。（孤云了）父亲不知，他本人于您孩儿有恩处。

（孤云了）

【哭皇天】教了数个贼汉把我相侵傍①，阿马想波，这恩临②怎地忘？闪的他活支沙③三不归，强交俺生吃扎两分张。觑着兀的般着床卧枕叫唤声疼，撇在他个没人的店房！常言道相逐百步，尚有徘徊④，你怎生便交我眼睁睁的不问当？（做分付末了）男儿呵，如今俺父亲将我去也，你好生的觑当你身起⑤，（末云了）（做艰难科）男儿，兀的是俺亲爷的恶党，休把您这妻儿怨畅⑥。

【乌夜啼】天哪！一霎儿把这世间愁都撮⑦在我眉尖上，这场愁不许提防。（末云了）既相别此语伊休忘，怕你那换脉交阳⑧，是必省可里掀扬⑨。俺这风雹乱下的紫袍郎，不识你个云雷未至的白衣相。咱这片霎中如天样⑩，一时哽噎，两处凄凉。

（末云了）（孤打催科）（做住了）

---

① 教了：教训、劝住。侵傍：侵犯，侵凌。

② 恩临：恩情。

③ 活支沙：活生生。支沙，亦作"支沙""支煞"，形容词词尾。下文"生吃扎"也是活生生的意思。

④ 相逐百步，尚有徘徊：一起同行百步，在分别时尚有不舍。这是当时俗语。

⑤ 身起：身体。

⑥ 怨畅：亦作"怨怅"，怨恨，抱怨。

⑦ 撮（cuō）：聚集，聚拢。

⑧ 换脉交阳：病情刚刚好转。

⑨ 是必省可里掀扬：一定不要动不动就掀被子、衣服。是必，务必，一定。省可里，休要，免得。

⑩ 如天样：如天一般遥远。

120

【三煞】男儿！怕你待赎药时准备春衫当，探食①后提防百物伤。（末云了）（做艰难科）这侧近的佳期休承望②，直等你身体安康，来寻觅夷门街巷，恁时节再相访。你这旅店消疏病客况，我那驿路上恓惶。

【二煞】则明朝你索倚窗晓日闻鸡唱，我索立马西风数雁行。（末云了）男儿，我交你放心末波。只愿的南京有俺亲娘，我宁可独自孤孀，怕他大抑勒③我别寻个家长，那话儿便休想。（末云了）你见的差了也！那玉砌朱帘与画堂，我可也觑得寻常。

【收尾】休想我为翠屏红烛流苏帐，撇了你这黄卷青灯映雪窗④。（孤云了）（末云了）（打别了）（嘱咐末科）你心间莫昏忘⑤，你心间索记当：我言词更无妄，不须伊再审详。咱兀的做夫妻三个月时光，你莫不曾见您这歹浑家⑥说个谎？（下）

---

① 探食：吃饭。

② 承望：指望。

③ 抑勒（yì lè）：强迫。

④ 黄卷青灯映雪窗：指书生刻苦读书。雪窗，用孙康映雪的故事，晋代孙康因为家贫无钱买灯油，便在冬天利用雪光读书。比喻读书十分刻苦。

⑤ 昏忘：糊涂、忘记。

⑥ 莫不曾：莫不是，莫非，即难道有过。浑家：妻子。

第三折

（夫人一折①了）（末一折了）（小旦云了）（正旦便扮上了）自从俺父亲就那客店上生扭散俺夫妻两个，我不曾有片时忘的下俺那染病的男儿，知他如今是死哪活哪？不知俺爷心是怎生主意，提着个秀才便不喜，"穷秀才几时有发迹？"自古及今，那个人生下来便做大官享富贵哪？（做叹息科）

【正宫端正好】我想那受官厅，读书舍，谁不曾虎困龙蛰②？（带云）信着我父亲呵，世间人把丹桂都休折，留着手把雕弓拽③。

【滚绣球】俺这个背晦④，爷，听的把古书说，他便恶忿忿⑤的脑裂，粗豪的今古皆绝。您这些富产业，更怕我顾恋情惹，俺向那笔尖上自阄阄⑥得些豪奢。搠⑦起柄夫荣妇贵三檐伞，抵多少爷饭娘羹驷马

---

① 一折：指人物在舞台上的一个过场。

② 虎困龙蛰（zhé）：指人才暂时沉寂。蛰，蛰伏，隐匿。

③ 世间人把丹桂都休折，留着手把雕弓拽：世间人都不去从文，而去习武。折丹桂，意指科举登第。

④ 背晦：脑筋糊涂，又作"悖晦"。

⑤ 忿忿（fèn fèn）：愤怒不平的样子。

⑥ 阄阄（zhèng chuài）：拼命挣得，挣取。

⑦ 搠（shuò）：插。

车，两件儿浑别①。

（小旦云了）阿也！是敢待较些②去也。（小旦云了）

【倘秀才】阿！我付能③把这残春捱彻。嗨！划地是俺愁人瘦绝。（小旦云了）依着妹子只波。（小旦云了）（做意了）恰随妹妹闲行散闷些，到池沼，蓦观绝④，越交人叹嗟。

【呆古朵】不似这朝昏昼夜、春夏秋冬，这供愁的景物好依时月，浮着个钱来大绿巍巍⑤荷叶；荷叶似花子般团圆，陂塘⑥似镜面般莹洁。阿！几时教我腹内无烦恼，心上无萦惹⑦？似这般青铜对面妆，翠钿⑧侵鬓贴。

（做害羞科）早是没外人，阿的是甚末言语哪，这个妹子咱。

（小旦云了）你说的这话，我猜着也罗。

【倘秀才】休着个滥名儿将咱来引惹⑨。嘘，待不你个小鬼头春心儿动也。（小旦云了）放心，放心，我与你宽打周遭⑩向父亲行说。（小旦云了）你不要呵，我要则末哪？（小旦云了）（唱）我又不风欠，不痴呆，要则甚迭？

（小旦云了）咱无那女婿呵快活，有女婿呵受苦。（小旦云

---

① 浑别：浑然不同。
② 较些：病好些。
③ 付能：好容易。
④ 蓦观绝：一下子看完了。
⑤ 绿巍巍（wéi wéi）：形容荷叶的绿色。
⑥ 陂（bēi）塘：池塘。
⑦ 萦惹：牵缠，招引。
⑧ 翠钿（diàn）：用翠玉制成的首饰。
⑨ 引惹：招引，招惹。
⑩ 宽打周遭：多费口舌。

了）你听我说波。

【滚绣球】女婿行但沾惹，六亲每早是说；又道是丈夫行亲热，爷娘行特地心别①。而今要衣呵满箱箧②，要食呵尽铺啜③，到晚来更绣衾铺设，我这心儿里牵挂处无些，直睡到冷清清宝鼎沉烟灭，明皎皎纱窗月影斜，有甚唇舌。

（做入房里科）（小旦云了）夜深也，妹子，你歇息去波，我也待睡也。（小旦云了）梅香，安排香桌儿去，我待烧炷夜香咱。

（梅香云了）

【伴读书】你靠栏槛临台榭，我准备名香爇④。心事悠悠凭谁说，只除向金鼎焚龙麝，与你殷勤参拜遥天月，此意也无别。

【笑和尚】韵悠悠比及把角品绝⑤，碧荧荧投至那灯儿灭，薄设设衾共枕空舒设，冷清清不惩迭，闲遥遥生枝节，闷恹恹怎捱他如年夜！

（梅香云了）（做烧香科）

【倘秀才】天哪！这一炷香，则愿削减了俺尊君狠切；这一炷香，则愿俺那抛闪下的男儿较些。那一个爷娘不间迭⑥，不似俺忒嗏嗻劣缺⑦。

（做拜月科。云）愿天下心厮爱的夫妇永无分离，教俺两口儿早得团圆。（小旦云了）（做羞科）

---

① 心别：性情执拗。
② 箱箧（qiè）：箱子。箧，小箱子。
③ 啜（chuò）：喝。
④ 爇（ruò）：烧。
⑤ 韵悠悠比及把角品绝：等听到悠悠的号角声吹过。比及，等到。品绝，听到、吹过。
⑥ 间迭（xián dié）：意即挑拨离间、阻挠。
⑦ 嗏嗻（chē zhē）：厉害，凶狠。劣缺：乖戾，顽劣。

124

【叨叨令】原来你深深的花底将身儿遮，擦擦的背后把鞋儿捻，涩涩的轻把我裙儿拽，煴煴①的羞得我腮儿热。小鬼头，直到撞破我也末哥，撞破我也末哥，我一星星的都索从头儿说。

（小旦云了）妹子，你不知，我兵火中多得他本人气力来，我以此上忘不下他。（小旦云了）（打悲了）您姐夫姓蒋，名世隆，字彦通，如今二十三岁也。（小旦打悲了）（做猛问科）。

【倘秀才】来波，我怨感、我合哽咽；不刺②你啼哭、你为甚迭？（小旦云了）你莫不原是俺男儿的旧妻妾？阿是，阿是，当时只争个字儿别。我错呵了，应者。

（小旦云了）您两个是亲弟兄？（小旦云了）（做欢喜科）

【呆古朵】似恁的呵，咱从今后越索着疼热，休想似在先时节。你又是我妹妹、姑姑，我又是你嫂嫂、姐姐。（小旦云了）这般者，俺父母多宗派，您昆仲无枝叶。从今后休从俺爷娘家根脚排，只做俺儿夫家亲眷者。

（小旦云了）若说着俺那相别呵，话长。

【三煞】他正天行汗病，换脉交阳，那其间被俺爷把我横拖倒拽出招商舍，硬撕强扶上走马车。谁想俺舞燕啼莺、翠鸾娇凤，撞着那猛虎狞狼、蝮蝎蚖③蛇，又不敢号眺悲哭，又不敢嘱咐叮咛，空则索感叹咨嗟！据着那凄凉惨切，则那里一霎儿似痴呆。

【二煞】则就那里先肝肠眉黛千千结，烟水云山万万叠。他便似

---

① 煴煴（yūn yūn）：热辣辣貌。
② 不刺：不料。
③ 蚖（yuán）：指蝾螈、蜥蜴等。

烈焰飘风劣心卒性①，怎禁那后拥前推、乱棒胡枷？阿！谁无个老父，谁无个尊君，谁无个亲爷，从头儿看来都不似俺那狠爹爹！

【煞尾】他把世间毒害收拾彻，我将天下忧愁结揽绝。（小旦云了）没盘缠，在店舍，有谁人，厮抬贴？那消疏，那凄切，生分离，厮抛撇。从相别，恁时节，音书无，信息绝。我这些时眼跳腮红耳轮热，眠梦交杂不宁贴。您哥哥暑湿风寒纵较些，多被那烦恼忧愁上送了②也！（下）

---

① 劣心卒性：狠心肠，坏脾气。
② 送了：夸张的说法，意即送了命。

第四折

（老孤、夫人、正末、外末上了）（媒人云了）（正旦扮上了）（小旦云了）可是由我哪不哪？

【双调新水令】我眼悬悬整盼了一周年，你也枉把您这不自由的姐姐来埋怨。恰才投至我贴上这缕金钿，一霎儿向镜台傍边，媒人每催逼了我两三遍。

（小旦云了）妹子阿，你好不知福，犹古自①不满意沙。我可怎生过呵是也？（小旦云了）那的是你有福，如我处哪，我说与你波。

【驻马听】你贪着个断简残编，恭俭温良好缱绻②；我贪着个轻弓短箭，粗豪勇猛恶姻缘③。（小旦云了）可知煞是也。您的管梦回酒醒诵诗篇；俺的敢灯昏人静夸征战，少不的向我绣帏边，说的些磣可可④落得的冤魂现。

（小旦云了）这意有甚难见处哪？

---

① 犹古自：依然是，也作"犹兀自"。古自，兀自、尚且的意思。

② 缱绻（qiǎn quǎn）：指情意缠绵。

③ 贪着个：即摊上个，遇上个。这两句是因为父母让王瑞兰招武状元为夫，她对此表示埋怨。

④ 磣（chěn）可可：凄惨可怕的样子，也作"磣磕磕"。

127

【庆东原】他则图今生贵，岂问咱夙世缘；违着孩儿心，只要遂他家愿。则怕他夫妻百年，招了这文武两员，他家里要将相双权。不顾自家嫌，则要傍人羡。

（外云了）（做住了）（正、外二末做住了）

【镇江回】俺兀那姊妹儿的新郎又忒腼腆，俺这新女婿那嘲掀①，瞅的我两三番斜避了新妆面，查查胡胡的向玳筵前②，知他俺那主婚人是见也那不见？

（孤云了）（外末把盏科）

【步步娇】见他那鸭子绿衣服上圈金线，这打扮早难坐琼林宴。俺这新状元，早难道花压得乌纱帽檐偏③。把这盏许亲酒又不敢慢俄延④，则索扭回头半口儿家刚刚的咽。

（孤云了）（正末把盏科）（打认末科）

【雁儿落】你而今病疾儿都较痊？你而今身体儿全康健？当初咱那堝儿⑤各间别，怎承望这答儿里重相见！

【水仙子】今日这半边鸾镜得团圆，早则那一纸鱼封⑥不更传。（末云了）你说这话！（做意了）（唱）须是俺狠毒爷强匹配我成姻眷，不剌，可是谁央及你个蒋状元，一投得官也接了丝鞭⑦，我常把伊思

---

① 嘲掀：嘲笑喧呼。
② 查查胡胡：即咋咋呼呼，喜欢炫耀的样子。玳（dài）筵，即"玳瑁筵"，指豪华的宴席。
③ 花压得乌纱帽檐偏：旧时士子考中进士后，会在帽上插花。
④ 俄延：延缓，耽搁。
⑤ 那堝（guō）儿：那边，那里。
⑥ 鱼封：书信。过去用将信装在鲤鱼状的匣中，故称"鱼封"。
⑦ 接了丝鞭：元时贵族招婚时的一种仪式。女方向男方赠送丝鞭，男方如若接受，即表示同意联姻。

念，你不将人挂恋，亏心的上有青天！

（末云了）（做分辩科）

【胡十八】我便浑身上都是口，待教我怎分辩？枉了我情脉脉、恨绵绵。我昼忘饮馔夜无眠，则兀那瑞莲便是证见。怕你不信后，没人处问一遍。

（末云了）兀的不是您妹子瑞莲哪！（末共小旦打认了）（告孤科）（末云了）（老夫人云了）（老孤云了）你试问您那兄弟去，我劝和您姊妹去。（正末云了）（小旦云了）妹子，我和您哥哥斯认得了也！你却招取兀那武举状元呵，如何？（小旦云了）你便信我子末①哪！（小旦云了）

【挂玉钩】二百口家属语笑喧，如此般深宅院。休信我一时间狂口言，便哪里冤魂现。（小旦云了）我特故里说的别②，包弹③遍，不嫌些蹬弩开弓，怎说他袒臂挥拳。

【乔牌儿】兀的须显出我那不乐愿，量这的有甚难见？每日我绿窗④前，不整闲针线，不曾将眉黛展。

【夜行船】须是我心上斜横着这美少年，你可别无甚闷缕愁牵。便坐驷马香车，管着满门良贱，但出入、唾盂掌扇⑤。

【幺篇】但行处、两行朱衣列马前，等个文章士发禄是何年？你

_____

① 子末：做什么。
② 我特故里说的别：我故意说得很厉害。特故，故意，有意。
③ 包弹：批评，指责。
④ 绿窗：绿色纱窗，这里指女子居室。韦庄《菩萨蛮》词有："劝我早归家，绿窗人似花。"
⑤ 唾盂（tuò yú）掌扇：古时贵族出门时均有仆人为其捧着痰盂，打着掌伞。掌扇，即掌伞。

想那陌巷颜渊，箪瓢原宪①，你又不是不曾受秀才的贫贱！

（外云了）休休，教他不要则休，咱没事则管央及他则末！

【殿前欢】忒心偏，觑重裀列鼎②不值钱，把黄齑淡饭③相留恋，要彻老终年，召新郎更拣选，忒姻眷、不得可将人怨。可须因缘数定，则这人命关天。

（小旦云了）（使命上，封外末了）

【沽美酒】骤将他职位迁，中京内做行院，把虎头金牌腰内悬，见那金花诰④帝宣，没因由得要团圆。

【太平令】咱却且尽教佯呆着休劝，请夫人更等三年。你既爱青灯黄卷，却不要随机而变，把你这眼前厌倦物件，分付与他别人请佃⑤。

（孤云了）（散场）

---

① 陌巷颜渊，箪瓢原宪：形容书生的清贫。颜渊、原宪都是孔子的学生，两人均为安贫乐道之贤士。

② 重裀（yīn）列鼎：形容生活富裕，陈设饮食非常豪华。裀，夹层床垫；鼎，古代食器。

③ 黄齑（jī）淡饭：指粗疏的饭食，同"黄齑白饭"，这里比喻穷书生的生活。黄齑，腌咸菜。

④ 金花诰：指皇帝赐予古代地位较高的官员妻子的诰书，上有金色花饰，所以叫"金花诰"。

⑤ 请佃（diàn）：指接受；承受。这一段话都是王瑞兰在打趣蒋瑞莲。

关大王独赴单刀会

导　读

　　《关大王独赴单刀会》（后简称《单刀会》）是关汉卿著名的历史剧，共四折。该剧题目为"孙仲谋独占江东地，请乔公言定三条计"，正名为"鲁子敬设宴索荆州，关大王独赴单刀会"。现存主要版本有《元刊杂剧三十种》本、《脉望馆钞校本古今杂剧》本、《孤本元明杂剧》和《与众曲谱》本。

　　关大王，是民间对于关羽的敬称。三国时魏、蜀、吴各据一方，蜀将关羽镇守荆州要地。鲁肃奉孙权命令，想向关羽讨还荆州，又惧关羽勇猛，打算骗关羽赴宴，并定下三条妙计索要荆州，但鲁肃自知无多大把握，便找东吴老臣乔公商议，又去请司马徽作陪，但二人都极言关羽之英武，劝鲁肃勾销索还荆州的幻想。鲁肃怀着畏惧和犹豫的心情，请关羽过江。关羽接到鲁肃的邀请，知是阴谋。但仍旧带周仓一人单刀赴会。在杀机四伏的宴会上，他以凛然气势，严辞拒绝了鲁肃的要求，提出荆州是汉家的，只有刘备能继承汉家基业。鲁肃想用伏兵捉拿关羽，却早被关羽挟持，无法逃脱，只得送关羽上船。此时，关羽预先安排的接应兵力也已到达。遂谈笑风生，安然返棹。作品从不同角度刻画了关羽的英雄形象。

　　在元杂剧的历史剧中，三国故事是重要的题材之一。元杂剧中的三国戏保存至今的有二十余种。在这众多的三国戏中，关汉卿的《单刀会》可以说是一部非常具有代表性的作品。

关羽单刀赴会的故事见于史书。《三国志·吴书·周瑜鲁肃吕蒙传》载："肃邀羽相见，各驻兵马百步上，但诸将军单刀俱会。"由于正史上对这则故事记载极简，给了作家极大的艺术发挥空间。关汉卿创作此剧的意图似乎并不在于真实再现这段历史故事，而是通过改写史实，着力颂扬英雄人物的伟大历史业绩和英勇豪迈精神。

《单刀会》杂剧出场人物众多，如鲁肃、黄文、乔国公、司马徽、道童、关平、关兴、周仓等，但作家着墨最多的人物还是关羽。全剧以大量篇幅来刻画关羽的形象。《单刀会》一剧在情节安排上有一个不同于其他剧本的显著特点，那就是主要人物出场迟，基本矛盾冲突的展开更迟。为了使关羽一登场就显得光彩照人，不同凡响，作者在其登场之前整整安排了两折戏，为关羽登场蓄势、铺垫。当然，作者这样的安排，完全是从人物形象的塑造来考虑的。这种不同于一般剧本的大胆处理，在中国古典戏剧的编撰史上是一个勇敢的独特创造。

单刀会发生的背景事件是鲁肃索还荆州。荆州原属东吴，是鲁肃为了"共拒曹操"，作保劝主公孙权借与刘备的。赤壁一战后，曹操败回中原固守，一时无力南向。因此，东吴的安全暂可无虑。但这时的刘备，不断扩展地盘，先取益州，继占成都，又并汉中。尤其是蜀国大将关羽，坐镇"四冲用武之地"的荆州，退可以扼守西川之大门，进可以顺流直取东吴之都建业，对东吴造成莫大的威胁。但索取荆州就得和勇武过人的关羽打交道，当年的保人鲁肃自知力取显然不行，只能智赚。在第一折戏里，鲁肃定下三条"妙计"索要荆州。计策定好后，鲁肃找乔公商议，没想到乔国公直言反对，说"这荆州断然不可取",因为荆州守将关羽"好生勇猛"。乔国公还以"博望烧屯"和"收西川"两件事来规劝鲁肃不要妄想索取荆州。到了第二折,鲁肃与黄文又去拜访与关羽有一面之交的水鉴先生司马徽,请他赴宴作陪,并顺便查询关羽"酒后之德性"。闻知来意后,司马徽不仅坚辞鲁肃之请,连称:"若有关公,贫道风疾举发,去不的!去不的!"更劝阻鲁肃不要实行"三计",以免自取杀身之祸,他唱道:"他尊前有一句言,筵前带二分酒,他酒性躁不中撩斗,你则绽口儿休提着索取荆州。他圆睁开丹凤睁,轻舒出捉将手;他将那卧蚕眉紧皱,五蕴山烈火难收。他若是玉山低趄,你安排着走;他若是宝剑离匣,你则准备着头。妄送了你那八十一座军州。"关羽不仅威猛如斯,其酒性也很躁。"不中撩斗",最好敬而远之。自然,这前两折对关羽的刻画都是间接的,是以侧面烘托的手法来达到先声夺人的艺术效果,使观众还未见到其人就已经有了印象,并且使关羽在第三折的出场显得水到渠成。而第三折关羽一出场就把整个剧情带进了高潮。在一开头那慷慨激昂而又字字本色的四支曲文中,关羽追述了高祖刘邦艰难的创业过程,回忆了桃园结义的手足之情。他明知鲁肃的宴请不怀好意,但为了"汉家邦",为了他自己的盖世英名,他还是决定前去赴宴,充分体现出他勇往直前的英雄本色。

第四折是从正面具体描写关羽和鲁肃的冲突,也是全剧的高潮。当关羽带着周仓,驾着一叶小舟赴宴来到长江中流时唱道:

【双调新水令】大江东去浪千叠,引着这数十人驾着这小舟一叶。又不比九重龙凤阙,可正是千丈虎狼穴。大丈夫心别,我觑这单刀会似赛村社。

表达了自己无所畏惧的精神。接着进一步抒怀：

【驻马听】水涌山叠，年少周郎何处也？不觉的灰飞烟灭，可怜黄盖转伤嗟。破曹的樯橹一时绝，鏖兵的江水由然热，好教我情惨切！（带云）这也不是江水，（唱）二十年流不尽的英雄血！

这两支慷慨苍劲的曲子从苏东坡的《念奴娇·赤壁怀古》中化出，但它所表现出来的激情绝不亚于原词，其中的奥妙就在于关汉卿把人物性格完全融入到环境之中，形成了情景相生的独特艺术境界。置身大江之上，面对汹涌浪涛，重峦叠嶂，关羽想到的是当年发生在这山水之间的赤壁之战，以及战争中的英雄豪杰。当年赤壁之战的主要英雄早已不在，时过境迁，曾经的战场却仍然波涛滚滚。这一切，怎不叫人为之伤情。关羽在赴会途中，面对浩浩荡荡的大江抒发历史的感慨，这种写法把关羽在惊心动魄的斗争即将出现前的泰然、镇静和自信表现得淋漓尽致，与鲁肃的阴谋诡计形成了鲜明的对比。在宴会上，关羽和鲁肃一经接触，矛盾立即展开。鲁肃盛赞关羽"仁、义、智"的美德，却说他尚欠"信"。这是以激将法指责关羽借荆州不还，乃是无"信"。但关羽性格耿直，并不拐弯抹角拖泥带水，他对鲁肃的大篇道理听得十分不耐烦，唱道：

【庆东原】你把我真心儿待，将筵宴设，你这般攀今览古，分甚枝叶？我根前使不着你"之乎者也"、"诗云子曰"，早该豁口截舌！有意说孙、刘，你休目下番成吴、越！

只用寥寥数笔便将关羽心直口快的脾气表现出来。二人辩论无果，鲁肃开始实行第三计，令甲士生擒关羽。不料关羽早有防备，临危不乱，抓住鲁肃作为人质，使东吴军士不敢造次，"好生的送我到船上者，我和你慢慢的相别"。上船以后，关羽还唱了一支曲子嘲弄鲁肃：

【离亭宴带歇指煞】我则见紫袍银带公人列，晚天凉风冷芦花谢。我心中喜悦。昏惨惨晚霞收，冷飕飕江风起，急飚飚云帆扯。承管待、承管待，多承谢、多承谢。唤梢公慢者，缆解开岸边龙，船分开波中浪，棹搅碎江心月。正欢娱有甚进退，且谈笑不分明夜。说与你两件事先生记者：百忙里趁不了老兄心，急切里倒不了俺汉家节。

关羽的幽默使紧张气氛缓和下来，整出戏在高潮之后顺势结束，而关羽的形象也已深深地印在观众脑海之中。

关汉卿在《单刀会》中对关羽形象的塑造达到了传神境界。不管是通过乔国公、司马徽等人眼中所见、耳中所闻、口中所言侧面烘托他的英雄神威，还是正面描写他在宴会上压倒敌人的气势，作品最终将关羽塑造成了一个旷世无双的英雄、一位勇猛威武的将军。他热爱"汉家邦"，极为关心桃园结义的兄弟刘备和张飞；他胸怀坦荡，足智多谋，临危不乱。从这个意义上说，《单刀会》不愧是一部成功塑造关羽形象的戏曲作品，不愧是一曲歌颂三国英雄的千古绝唱。由于此剧的成就，使得《单刀会》在舞台上能常演不衰。至今在昆曲、京剧舞台上演唱的《单刀会》剧目，不少唱词还是元杂剧的原词。（孙向锋）

第一折

（冲末鲁肃上，云）三尺龙泉①万卷书，皇天生我意何如？山东宰相山西将②，彼丈夫兮我丈夫③。小官姓鲁，名肃，字子敬，见在吴王麾下为中大夫之职。想当日俺主公孙仲谋占了江东，魏王曹操占了中原，蜀王刘备占了西川。有我荆州，乃四冲④用武之地，保守无虞⑤，分天下为鼎足之形。想当日周瑜死于江陵，小官为保，劝主公以荆州借与刘备，共拒曹操。主公又以妹妻刘备。不料此人外亲内疏，挟诈而取益州，遂并汉中，有霸业兴隆之志。我今欲索取荆州，料关公在那里镇守，必不肯还我。今差守将黄文先设下三计，启过主公，说：关公韬略过人，有兼并之心，且居国之上游，不如索取荆州。今据长江形势，第一计：趁

---

① 三尺龙泉：宝剑的代称。《史记·高祖本纪》载："吾以布衣，持三尺剑取天下。"《晋书·张华传》载豫章丰城县令雷焕"使人于丰城狱中掘地得二剑，一曰龙泉，一曰太阿"。

② 山东宰相山西将：此处的"山"指华山，"山东""山西"指华山以东、华山以西。元杂剧中将相出场时常以这两句诗作为上场诗。

③ 彼丈夫兮我丈夫：出自《孟子·滕文公上》："彼丈夫也，我丈夫也，吾何畏彼哉！"

④ 四冲：指控扼四方的交通要地。

⑤ 无虞：没有危险。

今日孙、刘结亲，已为唇齿①，就江下排宴设乐，修一书以贺近退曹兵，玄德称主于汉中，赞其功美，邀请关公江下赴会为庆，此人必无所疑；若渡江赴宴，就于饮酒席中间，以礼索取荆州。如还，此为万全之计；倘若不还，第二计：将江上应有战船，尽行拘收②，不放关公渡江回去。淹留日久，自知中计，默然有悔，诚心献还；更不与呵③，第三计：壁衣④内暗藏甲士，酒酣之际，击金钟为号，伏兵尽举，擒住关公，囚于江下。此人是刘备股肱之臣⑤，若将荆州复还江东，则放关公还益州；如其不然，主将既失，孤兵必乱，乘势大举，觑荆州一鼓而下，有何难哉！虽则三计已定，先交黄文请的乔公⑥来商议则个。（正末乔公上，云）老夫乔公是也。想三分鼎足已定！曹操占了中原，孙仲谋占了江东，刘玄德占了西蜀。想玄德未济时，曾问俺东吴家借荆州为本，至今未还。鲁子敬常有索取之心，沉疑未发；今日令人来请老夫，不知有甚事，须索走一遭走。我想汉家天下，谁想变乱到此也呵！

（唱）

【仙吕点绛唇】俺本是汉国臣僚。汉皇软弱；兴心闹，惹起那五处兵刀，并董卓，诛袁绍。

---

① 唇齿：比喻关系密切，如唇齿一样彼此相依。

② 拘收：没收，扣留。

③ 更不与呵：再不归还的话。呵，句尾助词。

④ 壁衣：古代墙壁上有帷幕，用作装饰。

⑤ 股肱之臣：股肱指人的大腿与胳膊，股肱之臣，指辅佐君主的重臣。

⑥ 乔公：即"桥公"，江东二乔之父，大乔嫁与孙策，小乔嫁与周瑜。下文"铜雀春深锁二乔"是唐代诗人杜牧的诗句，二乔即指大乔与小乔。

【混江龙】只留下孙、刘、曹操，平分一国作三朝。不付能①河清海晏②，雨顺风调；兵器改为农器用，征旗不动酒旗摇；军罢战，马添膘；杀气散，阵云高；为将帅，作臣僚；脱金甲，着罗袍；则他这帐前旗卷虎潜竿，腰间剑插龙归鞘③。人强马壮，将老兵骄。

（云）可早来到也。左右报复去，道乔公来了也。（卒子报云）报的大夫得知：有乔公来到了也。（鲁云）道有请。（卒云）老相公，有请！（末见鲁云）大夫，今日请老夫来，有何事干？（鲁云）今日请老相公，别无甚事，商量索取荆州之事。（末云）这荆州断然不可取！想关云长好生勇猛，你索荆州呵，他弟兄怎肯和你甘罢？（鲁云）他弟兄虽多，兵微将寡。（末唱）

【油葫芦】你道"他弟兄虽兵多将少"，（云）大夫，你知博望烧屯④那一事么？（鲁云）小官不知，老相公试说则。（末唱）赤紧的⑤将夏侯惇⑥先困了。（云）这隔江斗智你知么？（鲁云）隔江斗智，小官知便知道，不得详细，老相公试说则。（末唱）则他那周瑜、蒋干是布衣交，那一个股肱臣⑦诸葛施略韬，亏杀那苦肉计黄盖添粮草。

---

① 不付能：同"不甫能"，即才能够。
② 河清海宴：比喻天下太平。河，黄河。
③ 虎潜竿、龙归鞘：卷起战旗、收起刀剑。虎，军旗，上画有虎形；潜竿，这是形象的说法，指把战旗卷起来。龙，龙泉剑。
④ 博望烧屯：指诸葛亮用计火烧曹操的粮草，在博望大败曹军。博望，地名，在今河南新野。
⑤ 赤紧的：迅速、急忙。
⑥ 夏侯惇：三国时期曹魏名将。
⑦ 股肱（gǔ gōng）臣：指辅佐帝王的重臣。股，大腿；肱，手臂从肘到腕的部分。

（云）赤壁鏖兵①那场好厮杀也！（鲁云）小官知道，老相公再说一遍则。（末云）烧折弓弩如残苇，燎尽旗旆似乱柴。半明半暗花腔鼓，横着扑着伏兽牌②。带鞍带辔烧死马，有袍有铠死尸骸。哀哉百万曹军败，个个难逃水火灾！（唱）那军多半向火内烧，三停③在水上漂。若不是天交有道伐无道，这其间吴国尽属曹。

（鲁云）曹操英雄智略高，削平僭窃④篡刘朝；永安宫⑤里擒刘备，铜雀春深锁二乔。（末唱）

【天下乐】你道是"铜雀春深锁二乔"，这三朝恰定交⑥，不争⑦咱一日错便是一世错。（鲁云）俺这里有雄兵百万，战将千员，量他到的那里！（末唱）你则待要行霸道，你待要起战讨。（鲁云）我料关云长年迈，虽勇无能。（末唱）你休欺负关云长年纪老。

（云）收西川一事，我说与你听。（鲁云）收西川一事，我不得知，你试说一遍。（末唱）

【那吒令】收西川白帝城，将周瑜来送了。汉江边张翼德，将尸骸来当⑧着。船头上鲁大夫，几乎间唬倒。你待将荆州地面来争，关云长听的闹，他可便乱下风雹⑨。（鲁云）他便有甚本事？（末唱）

---

① 鏖（áo）兵：大规模的激战。这里指孙权、刘备联合击败曹操的赤壁之战。

② 花腔鼓、伏兽牌：前者指鼓框上绘有花纹的鼓，后者指画有兽形的盾牌。

③ 三停：三成。

④ 僭（jiàn）窃：指董卓、袁绍二人越分窃据上位称帝。僭，超越本分。

⑤ 永安宫：刘备在白帝城的行宫。

⑥ 这三朝恰定交：指魏、蜀、吴三国之间的纷争刚刚结束，才安定下来。

⑦ 不争：若是。

⑧ 当：即挡。

⑨ 乱下风雹：形容发脾气的样子。

【鹊踏枝】他诛文丑逞粗躁，刺颜良显英豪。他去那百万军中，他将那首级轻枭①。（鲁云）想赤壁之战，我与刘备有恩来。（末唱）那时间相看的是好，他可便喜孜孜笑里藏刀。

（鲁云）他若与我荆州，万事罢论；若不与荆州呵，我将他一鼓而下。（末云）不争你举兵呵，（唱）

【寄生草】幸然是天无祸，是咱这人自招。全不肯施恩布德行王道，怎比那多谋足智雄曹操？你须知南阳诸葛应难料！（鲁云）他若不与呵，我大势军马，好歹夺了荆州。（末唱）你则待千军万马恶相持，全不想生灵百万遭残暴！

（鲁云）小官不曾与此人相会；老相公，你细说关公威猛如何？

（末云）想关云长但上阵处，凭着他坐下马、手中刀、鞍上将，有万夫不当之勇。（唱）

【金盏儿】他上阵处赤力力三绺美髯飘②，雄赳赳一丈虎躯摇，恰便似六丁神③簇捧定一个活神道④。那敌军若是见了，唬的他七魄散、五魂消。（云）你若和他厮杀呵，（唱）你则索多披上几副甲，賸⑤穿上几层袍。便有百万军，挡不住他不剌剌千里追风骑；你便有千员将，闪不过明明偃月三停刀。

（鲁云）老相公不知，我有三条妙计索取荆州。（末云）是那

---

① 枭（xiāo）：本指一种恶鸟，这里是斩、杀的意思。
② 赤力力三绺美髯（rán）飘：赤力力，象声词，也作"赤历历"，这里是形容胡须飘动的样子。髯，两腮的胡子，也可泛指胡子。
③ 六丁神：道教以六丁（丁卯、丁巳、丁未、丁酉、丁亥、丁丑）为阴神。
④ 神道：天道，神仙，天神。
⑤ 賸（shèng）：同"剩"，多的意思。

三条妙计？（鲁云）第一计：趁今日孙、刘结亲，以为唇齿，就于江下排宴设乐，作书一封，以贺近退曹兵，玄德称主于汉中，赞其功美，邀关公江下赴会为庆，此人必无所疑；若渡江赴宴，就于饮酒中间，以礼索取荆州。如还，此为万全之计；如不还……第二计，将江上应有战船，尽行拘收，不放关公回还。淹留日久，自知中计，默然有悔，诚心献还；更不与呵……第三条计，壁衣内暗藏甲士，酒酣之际，击金钟为号，伏兵尽举，擒住关公，囚于江下。此人乃是刘备股肱之臣，若将荆州复还江东，则放关公归益州；如其不然，主将既失，孤兵必乱，领兵大举，乘机而行，觑荆州一鼓而下，有何难哉！这三条计决难逃。（末云）休道是三条计，就是千条计，也近不的他。（唱）

【金盏儿】你道是"三条计决难逃"；一句话不相饶，使不的武官粗懆①文官狡。（鲁云）关公酒性如何？（末唱）那汉酒中劣性显英豪，圪塔的②揪住宝带，没揣的举起钢刀。

（鲁云）我把岸边战船拘了。（末唱）你道是岸边厢拘了战船，（云）他若要回去呵，（唱）你则索水面上搭座浮桥！

（鲁云）老相公不必转转③议论，小官自有妙策神机。乘此机会，荆州不可不取也。（末云）大夫，你这三条计，比当日曹公在灞陵桥上三条计如何？到了出不的关云长之手。

（鲁云）小官不知。老相公试说一遍我听咱。（末唱）

---

① 懆（sāo）：同"慅"，骚动。
② 圪塔的：一下子，突然地。
③ 转转：同"啭啭"，拟声词，形容说话的声音。

143

【尾声】曹丞相将送路酒手中擎，饯行礼盘中托，没乱杀①姪儿和嫂嫂。曹孟德心多能做小，关云长善与人交。早来到灞陵桥，险唬杀许褚、张辽。他勒着追风骑，轻轮动偃月刀。曹操有千般计较②，则落的一场谈笑。（云）关云长道："丞相勿罪！某不下马了也。"（唱）他把那刀尖儿斜挑锦征袍。（下）

（鲁云）黄文，你见乔公说关公如此威风，未可深信。俺这江下，有一贤士，复姓司马，名徽，字德操。此人与关公有一面之交，就请司马先生为伴客，就问关公平昔智勇谋略，酒中德性如何。黄文，就跟着我去司马庵中相访一遭去。（下）

---

① 没乱杀：烦乱，慌乱，又作"没乱煞"。
② 计较：办法、计策。

第二折

（正末扮司马徽①领道童上，末云）贫道复姓司马，名徽，字德操，道号水鉴先生。想汉家天下，鼎足三分。贫道自刘皇叔②相别之后，又是数载。贫道在此江下结一草庵，修行办道，是好悠哉也呵！（唱）

【正宫端正好】本是个钓鳌人，到做了扶犁叟③；笑英布、彭越、韩侯④。我如今紧抄定两只拿云手⑤，再不出麻袍袖。

【滚绣球】我则待要聚村叟，会诗友，受用的活鱼新酒，问甚么瓦钵磁瓯⑥，推台不换盏，高歌自掴手⑦。任从他阴晴昏昼，醉时节衲被蒙头。我向这矮窗睡彻三竿日，端的是傲煞人间万户侯，自在优游。

---

① 司马徽：东汉末年隐士，精通道学、奇门、兵法、经学。又称"水镜先生"。

② 刘皇叔：即刘备，因其按辈分是汉献帝的叔父，所以称"皇叔"。

③ 钓鳌人、扶犁叟：前者比喻具有远大抱负的人，典出《列子·汤问》，十五只巨鳌奉天帝之命驮起五座仙山，而伯龙之国巨人可以一钓而连六鳌。后者指耕田的农夫。

④ 英布、彭越、韩侯：均为汉初功臣，后功高盖主，被刘邦处死。

⑤ 拿云手：比喻志气远大，本领高强。

⑥ 瓦钵（bō）磁瓯（ōu）：指粗陋的餐饮器具。

⑦ 掴（guó）手：拍手。这里是说自己不操任何闲心，只管喝酒，拍手唱歌。

（云）道童，门首觑者，看有甚么人来。（道童云）理会的。（鲁肃上，云）可早来到也，接了马者。（见道童科，鲁云）道童，先生有么？（童云）俺师父有。（鲁云）你去说：鲁子敬特来相访。（童云）你是紫荆①？你和那松木在一答里。我报师父去。（见末，云）师父弟子孩儿……（末云）这厮怎么骂我！（童云）不是骂，师父是师父，弟子是徒弟，就是孩儿一般。师父弟子孩儿……（末云）这厮泼说②！有谁在门首？（童云）有鲁子敬特来相访。（末云）道有请。（童云）理会的。（童出见鲁，云）有请！（鲁见末科）（末云）稽首。（鲁云）区区俗冗，久不听教③。（末云）数年不见，今日何往？（鲁云）小官无事不来，特请先生江下一会。（末云）贫道在此江下修行，方外之士，有何德能，敢劳大夫置酒张筵？（唱）

【倘秀才】我又不曾垂钓在磻溪岸口④，大夫也，我可也无福吃你那堂食玉酒；我则待溪山学许由⑤。（云）大夫请我呵，再有何人？（鲁云）别无他客，只有先生故友寿亭侯关云长一人。（末唱）你道是旧相识寿亭侯，和咱是故友。

（云）若有关公，贫道风疾举发⑥，去不的！去不的！（鲁

---

① 紫荆：与"子敬"谐音，此处为插科打诨之语，下句有"和那松木在一答里"，即用谐音。

② 泼说：乱说，胡说。

③ 区区俗冗，久不听教：这是自谦的说法。俗冗，平庸。

④ 垂钓在磻（pán）溪岸口：这是用姜尚在未被周文王赏识时曾在磻溪边垂钓。

⑤ 许由：上古高士，淡泊名利，品性高洁。他坚决不接受尧禅让帝位，也不愿听为官之语，曾到颍水洗耳。

⑥ 风疾举发：即中风之症发作。

146

云）先生初闻鲁肃相邀，慨然许诺；今知有关公，力辞不往，是何故也？想先生与关公有一面之交，则是筵间劝几杯酒。（末唱）

【滚绣球】大夫，你着我筵前劝几瓯，那汉劣性怎肯道折了半筹①。（鲁云）将酒央人，终无恶意。（末唱）你便休题安排着酒肉，他怒时节目前见鲜血交流。你为汉上九座州，我为筵前一醉酒，（云）大夫，你和贫道，（唱）咱两个都落不的完全尸首。（鲁云）先生是客，怕做甚么？（末唱）我做伴客的少不的和你同病同忧。（鲁云）我有三条计索取荆州。（末唱）只为你千年勋业三条计，我可甚一醉能消万古愁，提起来魂魄悠悠。

（鲁云）既是先生故友，同席饮酒何妨？（末云）大夫既坚意要请云长，若依的贫道两三桩儿，你便请他；若依不得，便休请他。（鲁云）你说来，小官听者。（末云）依着贫道说，云长下的马时节，（唱）

【倘秀才】你与我躬着身将他来问候。（云）你依得么？（鲁云）关云长下的马来，我躬着身问候。不打紧，也依得。（末唱）大夫，你与我跪膝着连忙的劝酒；饮则饮、吃则吃、受则受。道东呵随着东去，说西去随着西流。（云）这一桩儿最要紧也！（唱）他醉了呵你索与我便走。

（鲁云）先生，关公酒后德性如何？（末唱）

【滚绣球】他尊前有一句言，筵前带二分酒。他酒性躁不中撩斗②，你则绽口儿③休提着索取荆州。（鲁云）我便索荆州有何妨？

---

① 折了半筹：没有办法，无计可施。半筹，半个筹码，表示数量很少。

② 不中撩斗：禁不住撩拨、挑动。

③ 绽口儿：即张口讲话。

（末云）他听的你索荆州呵，（唱）他圆睁开丹凤眼，轻舒出捉将手；他将那卧蚕眉紧皱，五蕴山烈火难收①。他若是玉山低趄，你安排着走；他若是宝剑离匣，你则准备着头。枉送了你那八十一座军州！

（鲁云）先生不须多虑，鲁肃料关公勇有馀而智不足。到来日我壁间暗藏甲士，擒住关公，便插翅也飞不过大江去。我待要先下手为强。（末云）大夫，量你怎生近的那关云长？（唱）

【倘秀才】比及你东吴国鲁大夫仁兄下手，则消得②西蜀国诸葛亮先生举口，奏与那有德行仁慈汉皇叔。那先生抚琴霜雪降，弹剑鬼神愁，则怕你急难措手。

（鲁云）我观诸葛亮也小可，除他一人，也再无用武之人。

（末云）关云长他弟兄五个，他若是知道呵，怎肯和你甘罢！

（鲁云）可是那五个？（末唱）

【滚绣球】有一个黄汉升猛似彪；有一个赵子龙胆大如斗；有一个马孟起，他是个杀人的领袖③；有一个莽张飞，虎牢关力战了十八路诸侯，骑一匹闭月乌④，使一条丈八矛，他在那当阳坂⑤有如雷吼，喝退了曹丞相一百万铁甲貔貅⑥。他瞅一瞅漫天尘土桥先断，喝一声拍岸惊涛水逆流，那一伙怎肯干休！

（鲁云）先生若肯赴席呵，就与关公一会何妨？（末云）大

---

① 五蕴山：并非实指某座具体的"山"，而是禅宗所谓的"色、受、想、行、识"五种思想感情。这里是说关羽的性格刚烈火爆。

② 则消得：即只消得，只须是。

③ 有一个黄汉升猛似彪；有一个赵子龙胆大如斗；有一个马孟起，他是个杀人的领袖：这里的黄汉升、赵子龙、马孟起均为蜀国大将。

④ 闭月乌：指黑色的马。

⑤ 当阳坂：指曹操追击刘备的地方，在今湖北当阳。

⑥ 貔貅（pí xiū）：是传说中的吉瑞之兽，这里比喻勇猛之士。

夫，不中，不中！休说贫道不曾劝你。（唱）

【尾声】我则怕刀尖儿触抹着轻劙①了你手，树叶儿提防打破我头。关云长千里独行觅二友，匹马单刀镇九州；人似巴山越岭彪，马跨翻江混海兽；轻举龙泉杀车胄②，怒扯昆吾③坏文丑④；麾盖下颜良剑标了首，蔡阳英雄立取头。这一个躲是非的先生决应了口⑤，那一个杀人的云长，（云）稽首！（唱）我更怕他下不得手！（末下）

（道童云）鲁子敬，你愚眉肉眼⑥，不识贫道。你要索取荆州，他不来问我；关云长是我酒肉朋友，我交他两只手送与你那荆州来。（鲁云）道童，你师父不去，你去走一遭去罢。（童云）我下山赴会走一遭去，我着老关两手送你那荆州。（唱）

【隔尾】我则待拖条藜杖家家走，着对麻鞋处处游。（云）我这一去，（唱）恼犯云长歹事头⑦，周仓⑧哥哥快争斗，轮起刀来劈破了头，唬的我恰便似缩了头的乌龟则向那汴河里走。（下）

（鲁云）我听那先生说了这一会，交我也怕上来了。——我想三条计已定了，怕他怎的！黄文，你与我持这一封请书，直至荆州请关公去来，着我知道，疾去早来者。（下）

---

① 劙（lí）：用刀划。

② 车胄（zhòu）：东汉末年武将，被刘备所杀。

③ 昆吾：本为山名，这里指宝刀、宝剑。据《山海经·中山经》记载："又西二百里曰昆吾之山，其上多赤铜。"郭璞注："此山出名铜，色赤如火，以之作刃，切玉如割泥也。"

④ 文丑：东汉末年将领，在与曹军对战时中计，死于乱兵之中，《三国演义》改编为死于关羽之手。

⑤ 决应了口：一定说到做到。

⑥ 愚眉肉眼：指凡俗的眼光。

⑦ 歹事头：不好招惹的人。

⑧ 周仓：相传是关公的护卫，为关羽捧刀，对关公十分忠诚。

第三折

（正末扮关公领关平、关兴①、周仓上，云）某姓关，名羽，字云长，蒲州解良②人也。见随刘玄德为其上将。白天下三分，形如鼎足：曹操占了中原；孙策占了江东；我哥哥玄德公占了西蜀。着某镇守荆州，久镇无虞。我想当初楚汉争锋，我汉皇仁义用三杰，霸主英雄凭一勇。三杰者，乃萧何、韩信、张良；一勇者，喑呜叱咤③，举鼎拔山。大小七十余战，逼霸王自刎乌江。后来高祖登基，传到如今，国步艰难，一至于此！（唱）

【中吕粉蝶儿】那时节天下荒荒④，恰周、秦早属了刘、项，分君臣先到咸阳⑤。一个力拔山⑥，一个量容海⑦，他两个一时开创。想当

---

① 关平、关兴：关羽的两个儿子。
② 蒲州解良：地名，蒲州，今山西永济一带。
③ 喑（yīn）呜叱咤（chì zhà）：厉声怒喝。
④ 荒荒：萧条，冷落。
⑤ 分君臣先到咸阳：指刘邦和项羽曾约定，谁先攻到秦都咸阳，谁就可以先称王。
⑥ 力拔山：指项羽，其《垓下歌》云："力拔山兮气盖世。"
⑦ 量容海：指刘邦度量大。

日黄阁乌江，一个用了三杰，一个诛了八将①。

【醉春风】一个短剑下一身亡②，一个静鞭三下响③。祖宗传授与儿孙，到今日享、享。献帝又无靠无依，董卓又不仁不义，吕布又一冲一撞。

（云）某想当日，俺弟兄三人，在桃园中结义，宰白马祭天，宰乌牛祭地，不求同日生，只愿同日死。（唱）

【十二月】那时节兄弟在范阳④，兄长在楼桑⑤，关某在蒲州解良，更有诸葛在南阳；一时出英雄四方，结义了皇叔、关、张。

【尧民歌】一年三谒卧龙冈，却又早鼎分三足汉家邦。俺哥哥称孤道寡世无双，我关某匹马单刀镇荆襄。长江，今经几战场，却正是后浪催前浪。

（云）孩儿，门首觑者，看甚么人来。（关平云）理会的。（黄文上，云）某乃黄文是也。将着这一封请书，来到荆州，请关公赴会。早来到也。左右，报复去：有江下鲁子敬，差上将拖地胆⑥黄文，持请书在此。（平云）你则在这里者，等我报复去。（平见正末，云）报的父亲得知：今有江东鲁子敬，差一员首将，持请书来见。（正云）着他过来。（平云）着你过去哩。（黄文见科）（正末云）兀那厮甚么人？（黄慌云）小将黄文。江东鲁子

---

① 黄阁：汉时宰相办事的厅门涂为黄色，称黄阁。这里是说刘邦在黄阁任用三杰，而项羽在乌江诛杀八将。

② 一个短剑下一身亡：指项羽乌江自刎。

③ 一个静鞭三下响：指刘邦称帝。静鞭，也叫"鸣鞭"，皇帝上朝时鸣之以发声，以示肃静、威严。

④ 兄弟在范阳：兄弟指张飞，张飞原籍范阳。

⑤ 兄长在楼桑：兄长指刘备，刘备生于楼桑。楼桑是河北涿县的村庄名。

⑥ 拖地胆：指极为胆大。

敬，差我下请书在此。（正云）你先回去，我随后便来也。（黄文云）我出的这门来。看了关公英雄一相个神道①。鲁子敬，我替你愁哩！小将是黄文，特来请关公。髯长一尺八，面如挣枣红②。青龙偃月刀，九九八十斤；脖子里着一下，那里寻黄文？来便吃筵席，不来豆腐酒吃三钟。（下）（正末云）孩儿，鲁子敬请我赴单刀会，走一遭去。（平云）父亲，他那里筵无好会，则怕不中么？（正云）不妨事。（唱）

【石榴花】两朝相隔汉阳江，上写着道"鲁肃请云长"。安排筵宴不寻常，休想道是"画堂别是风光"③，那里有凤凰杯满捧琼花酿，他安排着巴豆、砒霜！玳筵前摆列着英雄将，休想肯"开宴出红妆"。

【斗鹌鹑】安排下打凤牢龙④，准备着天罗地网；也不是待客筵席，则是个杀人、杀人的战场。若说那重意诚心更休想，全不怕后人讲。既然谨谨相邀，我则索亲身便往。

（平云）那鲁子敬是个足智多谋的人，他又兵多将广，人强马壮。则怕父亲去呵，落在他彀中。（正唱）

【上小楼】你道他"兵多将广，人强马壮"；大丈夫敢勇当先，一人拚命，万夫难当。（平云）许来大江面，俺接应的人，可怎生接应？（正唱）你道是隔着江起战场，急难亲傍⑤；我着那厮鞠躬、鞠躬送我

---

① 一相个神道：一派神仙样，形容关羽相貌威严，不同凡俗。神道即神仙。
② 挣枣红：这里是形容关羽的脸如枣红色。
③ "画堂别是风光"：此处与下句"开宴出红妆"均出自苏轼《满庭芳》词，表现鲁肃宴请关羽的不怀好意，下文巴豆、砒霜均为毒药。
④ 打凤牢龙：安排圈套，使强有力的对手中计。凤、龙都是形容对手的强大。
⑤ 亲傍：亲近、靠近。

到船上。

（平云）你孩儿到那江东，旱路里摆着马军，水路里摆着战船，直杀一个血胡同。我想来，先下手的为强。（正唱）

【幺】你道是先下手强，后下手殃。我一只手揪住宝带，臂展猿猱①，剑掣秋霜②。（平云）父亲，则怕他那里有埋伏。（正唱）他那里暗暗的藏，我须索紧紧的防。都是些狐朋狗党！（云）单刀会不去呵，（唱）小可③如千里独行，五关斩将。（云）孩儿，量他到的哪里？（平云）想父亲私出许昌一事，您孩儿不知，父亲慢慢说一遍。（正唱）

【快活三】小可如我携亲侄访冀王④，引阿嫂觅刘皇，灞陵桥上气昂昂，侧坐在雕鞍上。

【鲍老儿】俺也曾挝鼓三咚斩蔡阳⑤，血溅在沙场上。刀挑征袍出许昌，险唬杀曹丞相。向单刀会上，对两班文武，小可如三月襄阳⑥。

（平云）父亲，他那里雄赳赳排着战场。（正唱）

【剔银灯】折莫⑦他雄赳赳排着战场，威凛凛兵屯虎帐，大将军智在孙、吴⑧上，马如龙、人似金刚；不是我十分强，硬主张，但提起我是三国英雄汉云长，端的是豪气有三千丈。厮杀呵磨拳擦掌。

---

① 猿猱（náo）：泛指猿猴。猿猴臂长灵活。
② 剑掣（chè）秋霜：剑光好似秋霜。掣，极快地闪过。
③ 小可：微不足道。表示关羽未把这些危险放在眼里。
④ 冀王：指袁绍。当时刘备在袁绍处，关羽辞别曹操去寻他。
⑤ 挝（zhuā）鼓三咚斩蔡阳：关羽被曹操部将蔡阳追杀，张飞擂鼓三通助关羽斩杀蔡阳。
⑥ 三月襄阳：刘表的部下蒯越、蔡瑁想在宴会上谋害刘备，刘备机智地假装解手，骑马从襄阳城西的檀溪越过而得以脱险。
⑦ 折莫：任凭。
⑧ 孙、吴：指著名的军事家孙武、吴起。

【蔓青菜】他便有快对付，能征将，排戈戟，列旗枪，对仗。（云）孩儿，与我准备下船只，领周仓赴单刀会走一遭去。（平云）父亲去呵，小心在意者！（正唱）

【尾声】须无那临潼会秦穆公，又无那鸿门会楚霸王①，折么他满筵人列着先锋将，小可如百万军刺颜良时那一场攘②。（下）

（周仓云）关公赴单刀会，我也走一遭去。志气凌云贯九霄，周仓今日逞英豪。人人开弓并蹬弩，个个贯甲与披袍。旌旗闪闪龙蛇动，恶战英雄胆气高。假饶③鲁肃千条计，怎胜关公这口刀！赴单刀会走一遭去也。（下）（关兴云）哥哥，父亲赴单刀会去了，我和你接应一遭去。大小三军，跟着我接应父亲去。到那里古剌剌④彩磨旌旗，扑咚咚画鼓凯征鼙，齐臻臻枪刀如流水，密匝匝人似朔月疾。直杀的苦淹淹尸骸遍郊野，哭啼啼父子两分离；恁时节喜孜孜鞭敲金镫响，笑吟吟齐和凯歌回。（下）（关平云）父亲兄弟都去也，我随后接应走一遭去。大小三军，听吾将令：甲马不许驰骤，金鼓不许乱鸣，不许交头接耳，不许语笑喧哗，弓弩上弦，刀剑出鞘，人人敢勇，个个威风。我到那里：一刃刀，

----

① 临潼会秦穆公、鸿门会楚霸王：前者指秦穆公在临潼擒拿十七国诸侯，伍子胥以剑挟持秦穆公使得他释放各国诸侯；后者指项羽设鸿门宴想要杀掉刘邦，但刘邦最终脱险。这两句是关羽对鲁肃的轻视，认为就算他设下陷阱，也比不上当年的秦穆公与楚霸王。

② 攘（rǎng）：侵犯，抢夺，这里指搏杀。

③ 假饶：即使，纵然。

④ 古剌剌：拟声词，形容风吹旌旗的声音。下文扑咚咚是形容鼓声。

两刃剑①，齐排雁翅；三股叉，四楞铜，耀日争光；五方旗，六沉枪，遮天映日；七稍弓，八楞棒，打碎天灵；九股索、红绵套，漫头②便起；十分战，十分杀，显耀高强。俺这里雄兵浩浩渡长江，汉阳两岸列刀枪，水军不怕江心浪，旱军岂惧铁衣郎③！关公杀人单刀会，显耀英雄战一场。匹马横枪诛鲁肃，胜如亲父刺颜良。大小三军，跟着我接应父亲走一遭去。（下）

---

① 一刃刀，两刃剑：刀剑等兵器。下文"四楞铜（jiǎn）"指有四条棱的鞭类兵器，"五方旗"指标示东西南北中五个方位的旗，"六沉枪"指杆上涂有绿漆的绿沉枪，"七稍弓"指漆稍弓，"八楞棒"指有八个棱角的棒状兵器，"九股索"与"红绵套"都是用皮、麻等编制而成可以绊人套人的软兵器。

② 漫头：即迎头。

③ 铁衣郎：身穿盔甲的战士。唐代高适《燕歌行》诗有："铁衣远戍辛勤久，玉箸应啼别离后。"铁衣，铁甲，指代战士。

第四折

（鲁肃上，云）欢来不似今朝，喜来那逢今日。小官鲁子敬是也。我使黄文持书去请关公，欣喜许今日赴会，荆襄地合归还俺江东。英雄甲士已暗藏壁衣之后，令人江上相候，见船到便来报我知道。

（正末关公引周仓上，云）周仓，将到哪里也？（周云）来到大江中流也。（正云）看了这大江，是一派好水也呵！（唱）

【双调新水令】大江东去浪千叠，引着这数十人驾着这小舟一叶。又不比九重龙凤阙①，可正是千丈虎狼穴。大丈夫心别，我觑这单刀会似赛村社②。

（云）好一派江景也呵！（唱）

【驻马听】水涌山叠，年少周郎何处也？不觉的灰飞烟灭，可怜黄盖转伤嗟。破曹的樯橹一时绝，鏖兵的江水由然③热，好教我情惨切！（带云）这也不是江水，（唱）二十年流不尽的英雄血！

（云）却早来到也，报复去。（卒报科）（做相见科）（鲁云）

---

① 九重龙凤阙：指皇宫。

② 赛村社：指旧时农村会在祭祀社神的节日盛会进行演出竞赛。

③ 由然：仍然，即"犹然"。

江下小会，酒非洞里之长春，乐乃尘中之菲艺①。猥劳君侯屈高就下，降尊临卑②，实乃鲁肃之万幸也！（正云）量某有何德能，着大夫置酒张筵？既请必至。（鲁云）黄文，将酒来。二公子满饮一杯。（正云）大夫饮此杯。（把盏科）（正云）想古今咱这人过日月好疾也呵！（鲁云）过日月是好疾也。光阴似骏马加鞭，浮世似落花流水。（正唱）

【胡十八】想古今立勋业，那里也舜五人、汉三杰③？两朝相隔数年别，不付能见者，却又早老也。开怀的饮数怀，（云）将酒来。（唱）尽心儿待醉一夜。

（把盏科）（正云）你知"以德报德，以直报怨④"么？（鲁云）既然将军言"以德报德，以直报怨"，借物不还者谓之怨。想君侯文武全材，通练兵书，习《春秋》《左传》，济拔颠危，匡扶社稷，可不谓之仁乎？待玄德如骨肉，觑曹操若仇雠，可不谓之义乎？辞曹归汉，弃印封金⑤，可不谓之礼乎？坐服于禁，水淹七军⑥，可不谓之智乎？且将军仁义礼智俱足，惜乎止少个

---

① 酒非洞里之长春，乐乃尘中之菲艺：我这里的酒不是好酒，我这里的歌舞也很一般。长春，酒名。菲，菲薄。

② 猥劳：谦词，辱没义。君侯：关羽曾被封为汉寿亭侯。这两句是说有劳您屈尊光临我们这个小地方。

③ 舜五人、汉三杰：前者指舜手下的五个贤臣：禹、弃、契、皋陶、垂，后者指刘邦的三个助手：张良、萧何、韩信。

④ 以德报德，以直报怨：出自《论语·宪问》，是孔子对待恩怨的态度，意谓用恩德回报别人的恩德，用公正的态度和方法对待别人的怨恨。

⑤ 弃印封金："弃印"指关羽将曹操所授的"汉寿亭侯"印留在原处，"封金"指关羽将曹操所赠的金银封存起来。此举是为了向刘备证明自己的清白。

⑥ 坐服于禁，水淹七军：指关羽曾使襄江水决口淹了曹操派出的七支部队，并生擒其先锋庞德。

"信"字，欠缺未完。若再得全个"信"字，无出君侯之右也①。
（正云）我怎生失信？（鲁云）非将军失信，皆因令兄玄德公失
信。（正云）我哥哥怎生失信来？（鲁云）想昔日玄德公败于当阳
之上，身无所归，因鲁肃之故，屯军三江夏口。鲁肃又与孔明同
见我主公，即日兴师拜将，破曹兵于赤壁之间。江东所费巨万，
又折了首将黄盖。因将军贤昆玉②无尺寸地，暂借荆州以为养军
之资；数年不还。今日鲁肃低情曲意，暂取荆州，以为救民之急；
待仓廪丰盈，然后再献与将军掌领。鲁肃不敢自专，君侯台鉴③
不错。（正云）你请我吃筵席来哪，是索荆州来？（鲁云）没、
没、没，我则这般道。孙、刘结亲，以为唇齿，两国正好和谐。
（正唱）

【庆东原】你把我真心儿待，将筵宴设，你这般攀今览古，分甚
枝叶④？我根前使不着你"之乎者也""诗云子曰"，早该豁口截舌！
有意说孙、刘，你休目下番成吴、越！

（鲁云）将军原来傲物轻信！（正云）我怎么傲物轻信？（鲁
云）当日孔明亲言：破曹之后，荆州即还江东。鲁肃亲为代保。
不思旧日之恩，今日恩变为仇，犹自说"以德报德，以直报怨"。

---

① 无出君侯之右也：没有能超过关羽的。出，超出，超过。右是指上，古
代以右为尊。

② 贤昆玉：对别人兄弟的美称，此处指刘备。昆玉，指兄弟。

③ 台鉴：敬辞，表示请对方审察、裁夺。台，敬辞，称对方。鉴，观察、
察看，后常用于书信中。

④ 分甚枝叶：意谓不要去计较。枝叶是相互依存的，好比吴蜀两国的关系。

158

圣人道："信近于义，言可复也①。"去食去兵，不可去信②。"大车无辄，小车无軏，其何以行之哉③？"今将军全无仁义之心，枉作英雄之辈。荆州久借不还，却不道"人无信不立"！（正云）鲁子敬，你听的这剑界④么？（鲁云）剑界怎么？（正云）我这剑界，头一遭诛了文丑，第二遭斩了蔡阳，鲁肃呵，莫不第三遭到你也？（鲁云）没、没，我则这般道来。（正云）这荆州是谁的？（鲁云）这荆州是俺的。（正云）你不知，听我说。（唱）

【沉醉东风】想着俺汉高皇图王霸业，汉光武秉正除邪，汉王允将董卓诛，汉皇叔把温侯⑤灭，俺哥哥合情受汉家基业。则你这东吴国的孙权，和俺刘家却是甚枝叶？请你个不克己⑥先生自说！

（鲁云）那里甚么响？（正云）这剑界二次也。（鲁云）却怎么说？（正云）这剑按天地之灵，金火之精，阴阳之气，日月之形；藏之则鬼神遁迹，出之则魑魅⑦潜踪；喜则恋鞘沉沉而不动，怒则跃匣铮铮而有声。今朝席上，倘有争锋，恐君不信，拔剑施

---

① 信近于义，言可复也：出自《论语·学而》，意谓守信用与"义"相近，因为守信用的人说出的话可用行动来验证。

② 去食去兵，不可去信：出自《论语·颜渊》，这是孔子关于为政的观点，孔子认为信义比粮食和武装更重要。

③ 大车无辄（ní），小车无軏（yuè），其何以行之哉：出自《论语·为政》，意谓人无信用就无法在社会上生存。辄、軏，古代车上置于车辕与车横木衔接处的销钉。

④ 剑界：剑响。也作"剑戒"，元王恽《秋涧集》有："（梁奉议）乃告予曰：'仆有一剑，颇古而犀利。自落吾手，每临静夜，屡聆悲鸣，比复作声铮然也。且闻百炼之精，或尝试人者则鸣，世传以为剑戒。'"

⑤ 温侯：指吕布，他曾被封为温侯。

⑥ 不克己：不知道克制自己。

⑦ 魑魅（chī mèi）：旧时传说中躲在深山密林里害人的妖邪精怪。

呈。吾当摄剑，鲁肃休惊。这剑果有神威不可当，庙堂之器岂寻常；今朝索取荆州事，一剑先交鲁肃亡。（唱）

【雁儿落】则为你三寸不烂舌，恼犯我三尺无情铁。这剑饥餐上将头，渴饮仇人血。

【得胜令】则是条龙向鞘中蛰①，唬得人向座间躲。今日故友每才相见，休着俺弟兄每相间别。鲁子敬听者，你心内休乔怯②，畅好是随邪③，休怪我十分酒醉也。

（鲁云）臧宫④动乐。（臧宫上，云）天有五星，地攒五岳，人有五德，乐按五音。五星者，金、木、水、火、土；五岳者，常、恒、泰、华、嵩；五德者，温、良、恭、俭、让；五音者，宫、商、角、徵、羽。（甲士拥上科）（鲁云）埋伏了者。（正击案，怒云）有埋伏也无埋伏？（鲁云）并无埋伏。（正云）若有埋伏，一剑挥之两段！（做击案科）（鲁云）你击碎菱花⑤。（正云）我特来破镜！（唱）

【搅筝琶】却怎生闹炒炒军兵列，上来的休遮当，莫拦截。（云）当着我的，呵呵！（唱）我着他剑下身亡，目前流血。便有那张仪口、蒯通舌⑥，休那里躲闪藏遮。好生的送我到船上者，我和你慢慢的相别。

———

① 蛰（zhé）：藏匿不出。
② 乔怯：装害怕。
③ 畅好是随邪：畅好，正好。随邪，不正经，任性胡为。
④ 臧（zāng）宫：人名。
⑤ 菱花：本是镜子的代称，这里与下文的"我特来破镜"均为语带双关，因"镜"与"子敬"的"敬"谐音。
⑥ 张仪口、蒯（kuǎi）通舌：张仪、蒯通都是战国时期著名的说客辩士。

（鲁云）你去了倒是一场伶俐①。（黄文云）将军，有埋伏哩。（鲁云）迟了我的也。（关平领众将上，云）请父亲上船，孩儿每来迎接哩。（正云）鲁肃，休惜殿后。（唱）

【离亭宴带歇指煞】我则见紫袍银带公人列，晚天凉风冷芦花谢。我心中喜悦。昏惨惨晚霞收，冷飕飕②江风起，急飐飐③云帆扯。承款待、承款待，多承谢、多承谢。唤梢公慢者，缆解开岸边龙，船分开波中浪，棹搅碎江心月。正欢娱有甚进退，且谈笑不分明夜。说与你两件事先生记者：百忙里趁不了老兄心，急切里倒不了俺汉家节④。

　　题目　孙仲谋独占江东地，请乔公言定三条计
　　正名　鲁子敬设宴索荆州，关大王独赴单刀会

---

① 伶俐：干净利落。
② 冷飕飕（sōu sōu）：形容很冷。
③ 急飐飐（zhǎn zhǎn）：形容船只顺风快行的样子。飐，风吹物使其颤动。
④ 汉家节：汉朝的政权。节，是古代使者出行时所持的凭证。